魅力校园 中等职业学校职业素养系列教材

边用边学 边学用 边用 ——电脑办公技巧

BIANYONG BIANXUE
—DIANNAO BANGONG JIQIAO

主编 鲍丽莉

副主编 董玉申 魏孝良

主审 孙万良

高等教育出版社·北京
HIGHER EDUCATION PRESS BEIJING

内容简介

本书为中等职业学校职业素养系列教材，可作为中职生利用电脑处理日常工作的入门教材。本书采用案例教学的编写方式，语言简明、通俗，案例生动、真实。内容包括"基本办公操作"、"Word 图文混排"、"Excel 电子表格"和"PPT 演示文稿"。本书从实用、易掌握的角度出发，重点突出、操作简练、内容丰富实用。

本书可作为中等职业学校非计算机专业的学生学习电脑办公的通用教材，也可作为在职人员提升现代办公能力的入门教材。

本书配套学习卡资源，按照本书最后一页"郑重声明"下方的学习卡使用说明，登录"http://sv.hep.com.cn"或"http://sve.hep.com.cn"，可上网学习，下载资源。

图书在版编目（CIP）数据

边用边学：电脑办公技巧/鲍丽莉主编．—北京：高等教育出版社，2011.8

ISBN 978-7-04-032663-5

Ⅰ．①边…　Ⅱ．①鲍…　Ⅲ．①办公自动化－应用软件－中等专业学校－教材　Ⅳ．① TP317.1

中国版本图书馆 CIP 数据核字（2011）第 141008 号

| 策划编辑 | 高　婷 | 责任编辑 | 高　婷 | 封面设计 | 张申申 | 版式设计 | 范晓红 |
| 责任校对 | 胡晓琪 | 责任印制 | 毛斯璐 | | | | |

出版发行	高等教育出版社	咨询电话	400-810-0598
社　　址	北京市西城区德外大街4号	网　　址	http://www.hep.edu.cn
邮政编码	100120		http://www.hep.com.cn
印　　刷	北京市大天乐印刷有限责任公司	网上订购	http://www.landraco.com
开　　本	787mm×1092mm　1/16		http://www.landraco.com.cn
印　　张	7.25	版　　次	2011年8月第1版
字　　数	160千字	印　　次	2011年8月第1次印刷
购书热线	010-58581118	定　　价	21.80元

前　言

《边用边学——电脑办公技巧》是基于工作过程课程观和行动导向教学观，遵照教材内容与岗位需要和标准对接的原则，以简明通俗的语言、直观明晰的路径、真实生动的案例，展示日常电脑办公的操作要领（办公软件采用 Microsoft Office 2003 系列）。本书有以下特点：

1. 任务生活化

● 第一部分基本办公操作的 8 个任务："邮件收发、QQ 交流、网络下载、文档打印、照片扫描、视频刻录、传真接发、投影演示"，帮助学生学会常用电脑办公的技能操作。

● 第二部分 Word 图文混排的 5 个任务："文稿排版、会议新闻稿、求职简历表、数学试卷、封面与目录"，分别针对文字排版、图片排版、表格排版、公式符号使用、封面与目录的艺术设计进行关键性技能指导。

● 第三部分 Excel 电子表格的 2 个任务："学生成绩统计表、调查问卷统计图"，分别针对数据表的计算、数据图的形成进行重点点拨。

● 第四部分 PPT 演示文稿的 5 个任务："教学课件、讲座课件、专业宣传片、生日贺卡、电子相册"，分别从静态文字、静态图文、动态视频、生活应用等角度活化 PPT 演示文稿的使用。

通过这些贴近实际、生动有趣的任务，可使学生更乐于学习、使办公技能更易于掌握。

2. 体例情境化

以"我"的真实操作为引领，通过"我的任务—我的操作—我再试一试"三个关联递进的环节，引领全书技术操作，其中：

● "我的任务"是用"我"接受某项任务的形式，引入生活情景，明确某项现代办公任务的要求。

● "我的操作"是以完成任务的操作步骤为序，将操作必要"说明"和清晰"图示"左右并行、对照排列，目的是给学生一个自己可以直观看懂操作的"范式"与"路径"，相当于"例题"。

同时，对关联的内容，穿插"小知识"、"小技巧"、"小提示"，给予恰当的拓宽。

● "我再试一试"相当于任务的巩固与拓展，是本次内容的延伸和提升，为基础较好和兴趣浓厚的学生创设能力展示和发挥的空间。

3. 设计创新点

在内容组织方面，以"必须、实用"为本（深度），以"够用、适度"为纲（广度），以"任务驱动"为特点，图文并茂，以图为主，以提供完成操作的直观路径为主。

本书由鲍丽莉主编，董玉申、魏孝良任副主编。本书共分四部分，第一部分　基本办公操作由鲍丽莉、李立编写；第二部分　Word 图文混排由魏孝良、焦晶编写；第三部分　Excel 电子表格由魏孝良、于晓波编写；第四部分　PPT 演示文稿由董玉申、杨伟丽编写。本书由原黑龙江省教育厅副厅长、现任黑龙江中华职业教育社常务副主任孙万良主审。

由于时间仓促，水平有限，书中难免出现疏漏，敬请读者批评指正。如有反馈意见，请发邮件至 zz_dzyj@pub.hep.cn。

编 者

2011 年 6 月

目 录

第一部分

基本办公操作

　　在科技飞速发展、信息快速传递的今天，工作岗位离不开电脑，需要我们能运用网络平台进行邮件收发、QQ 交流、网络下载，能运用电脑进行打印、刻录等现代办公操作，能正确使用扫描、传真、投影等现代办公设备。只有掌握这些基本现代办公设备和软件的操作要领，才能提高工作效率和办事效率，胜任实际工作，把自己从繁琐的事务中解脱出来。

　　学习目标：

　　1. 熟练进行登录邮箱、接收邮件、回复（发送）电子邮件等技能操作；掌握申请 163 免费邮箱技能要领；

　　2. 熟练操作进入 QQ、QQ 交流、QQ 收发文件等技能；掌握视频会话、语音交流、创建讨论组（实现与多人同时进行信息群播交流）等技能要领；

　　3. 熟练进行文字下载、文件图片下载、文件附件下载等技能操作；掌握运用迅雷等软件下载的操作要领；

　　4. 熟练操作直接打印、部分打印技能；正确进行正反面打印、缩放打印操作；

　　5. 熟练运用专业扫描仪进行扫描；掌握全自动模式扫描技巧；

　　6. 熟练掌握刻录软件操作流程；

　　7. 熟练掌握传真机的自动收发操作；基本掌握传真机的手动收发操作；

　　8. 熟练连接投影仪操作；掌握投影仪调试技能要领。

任务1 邮件收发

【我的任务】

今天，区教育局通过电子邮件发来《区教育系统人员统计表》，要求将本校教师情况按表中要求填好，并通过电子邮箱将表快速返回区教育局，以便全区汇总，我的基本操作如下：

【我的操作】

（一）登录邮箱

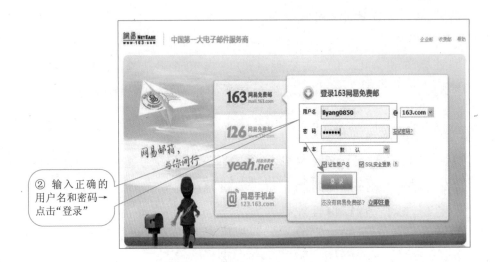

① 首先进入www.163.com网站，点击"免费邮箱"

② 输入正确的用户名和密码→点击"登录"

（二）接收邮件

【第一步】 进入邮箱

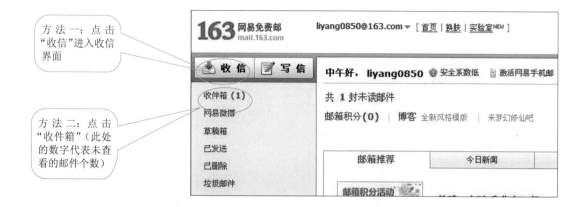

方法一：点击"收信"进入收信界面

方法二：点击"收件箱"（此处的数字代表未查看的邮件个数）

【第二步】 进入邮件显示界面

点击邮件题目显示条，进入想查看接收的邮件

小知识："📎"符号代表该邮件有附件

【第三步】 接收邮件

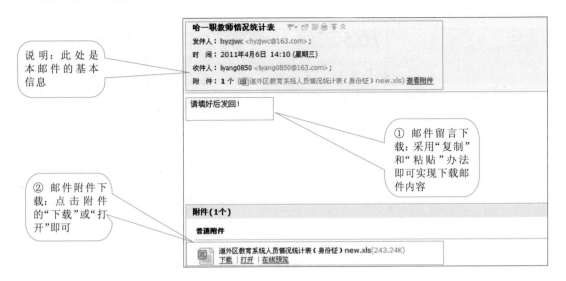

说明：此处是本邮件的基本信息

① 邮件留言下载：采用"复制"和"粘贴"办法即可实现下载邮件内容

② 邮件附件下载：点击附件的"下载"或"打开"即可

（三）回复（发送）电子邮件

① 单击"写信"可进入写信界面

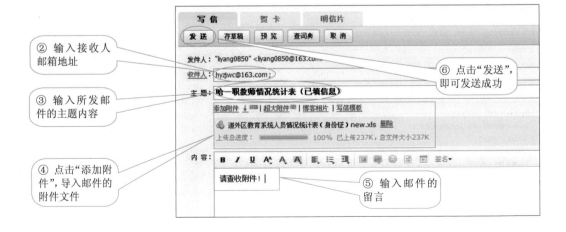

② 输入接收人邮箱地址

③ 输入所发邮件的主题内容

④ 点击"添加附件"，导入邮件的附件文件

⑤ 输入邮件的留言

⑥ 点击"发送"，即可发送成功

【我再试—试】

申请163免费邮箱

【第一步】 打开IE浏览器，输入网址

打开IE浏览器，输入http://www.163.com

【第二步】 进入"注册免费邮箱"界面

点击注册免费邮箱

【第三步】 按相关提示输入信息（*号部分为必填内容）

① 输入liyang0850，当检测通过时系统会让您选择不同域名注册的邮箱

② 输入密码并确认（需输入两次）

③ 按本人的资料进行填写

④ 点击后会出现提示字符，填写时注意大小写

⑤ 所有信息填写完毕后点击"创建账号"

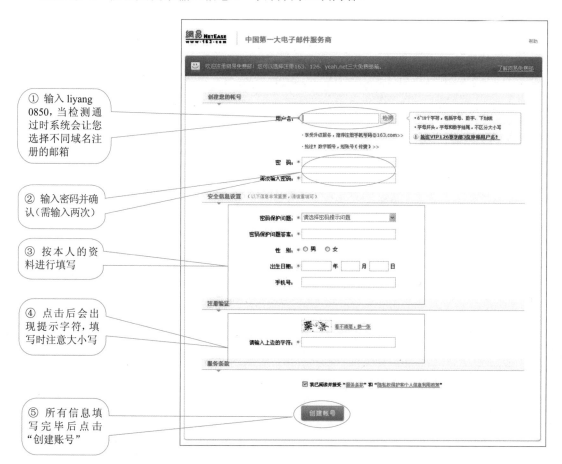

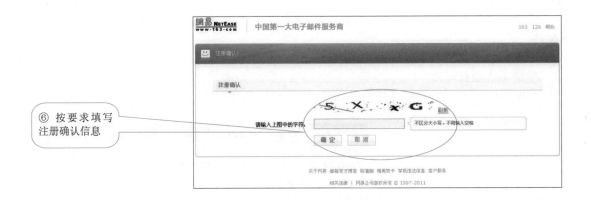

⑥ 按要求填写注册确认信息

⑦ 本界面是信息核对界面，您也可以将邮箱与手机绑定，如果不需要，直接按"不激活，直接进入邮箱"

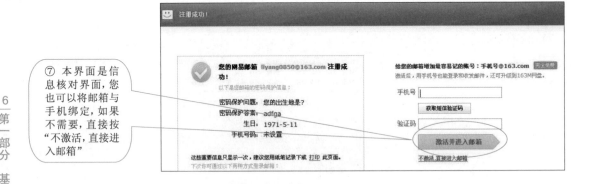

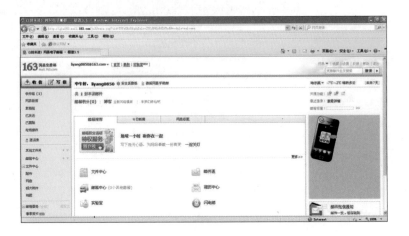

小提示：一个完整的 E-mail 地址是一个由字符串组成的式子。其结构为：(登录名)@(主机名).域名。一般网站都有邮件处理业务，不过大多数人都喜欢使用常用网站的邮箱，这样便于记忆

小提示：恭喜您，您已经拥有了属于自己的邮箱，但一定不要忘记用户名和密码哦！

任务2 QQ 交流

【我的任务】

　　教务处要求我将"高一期末试卷"通过 QQ 发送给魏孝良老师，并接收他回发的"信息资讯报"，我的收发操作如下：

【我的操作】

（一）进入 QQ

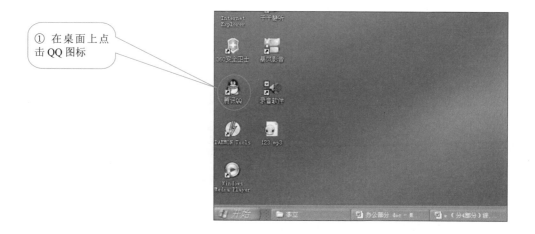

① 在桌面上点击 QQ 图标

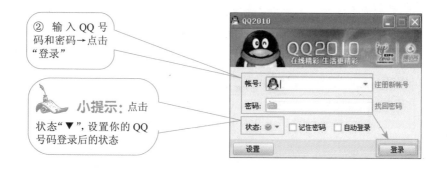

② 输入 QQ 号码和密码→点击"登录"

小提示：点击状态"▼"，设置你的 QQ 号码登录后的状态

（二）信息交流

① 双击对方头像图标即可进入互动交流界面

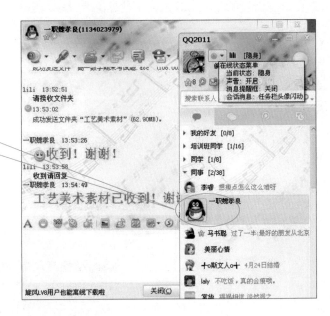

说明：会话记录区：是对已完成会话的记录

小提示：点击进入后，可更改字体大小以及颜色

② 会话输入区：进行交流文字的输入→点击"发送"

小提示：可选择表情：点击打开后，选择具体表情图片，可丰富会话区交流的内容与情感

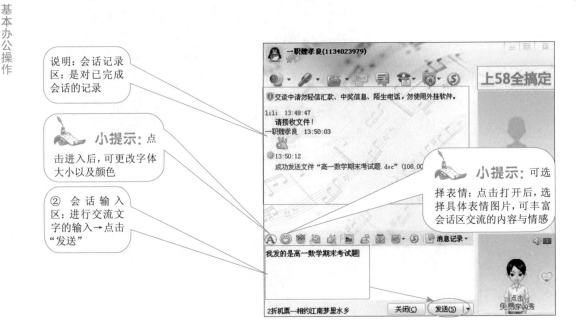

（三）发送文件

① 开启与对方进行传送文件会话窗"▼"→选择"发送文件"等形式

小提示： 在对方未上线情况下，可选"发送离线文件"，将文件传至服务器，以待对方接收

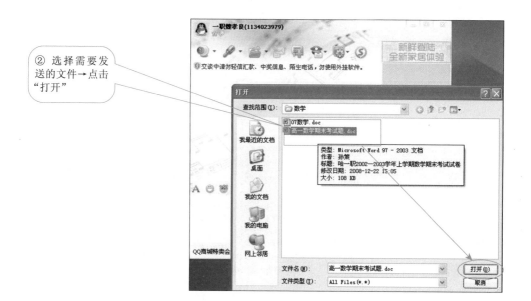

② 选择需要发送的文件→点击"打开"

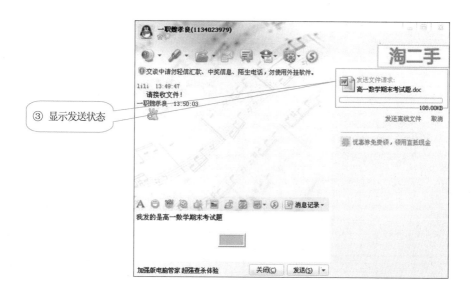

③ 显示发送状态

小技巧：发送文件夹

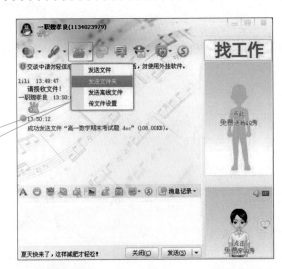

① 当文件较多时，可选择文件夹方式传送(此方式不能离线发送)

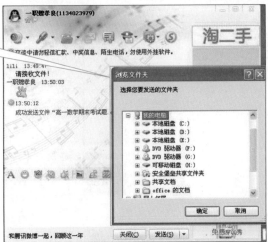

② 选择需要发送的文件夹

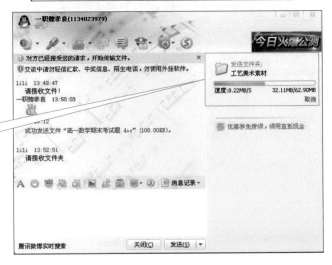

③ 显示发送文件夹状态

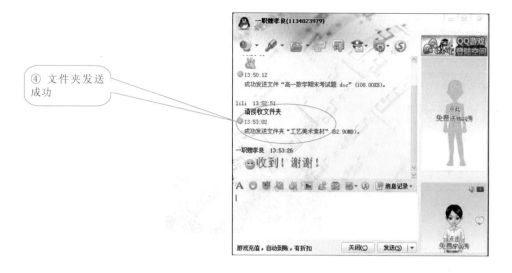

④ 文件夹发送
成功

（四）接收文件

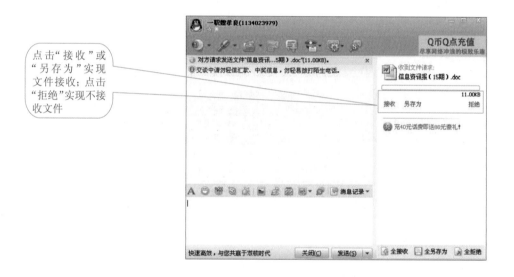

点击"接收"或
"另存为"实现
文件接收；点击
"拒绝"实现不接
收文件

【我再试一试】

1. 视频会话：如果安装了摄像头，可以与对方进行视频会话交流。

点击"开始视频
会话▼"按钮→
点击"开始视频
会话"

小知识：识别视频和语音调节窗口

对方视频窗口

语音调节窗口

自己视频窗口

2. 语音交流：如果安装了耳麦，可以与对方进行语音会话交流。

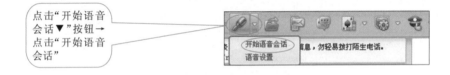

点击"开始语音会话▼"按钮→点击"开始语音会话"

小提示：使用视频和音频会话时，必须正确安装摄像头和有会话功能的耳麦，否则会无法正常使用

3. 创建讨论组：可实现与多人同时进行信息群播交流。

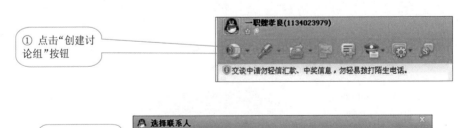

① 点击"创建讨论组"按钮

② 选择交流人→点击"添加"到已选联系人框图中

【我的任务】

省教育厅职成处通知我们登录教育厅职成处网站，下载一些文件，我的任务是帮助老师把文件下载到本地计算机中。

【我的操作】

（一）进入网站

① 点击计算机桌面上"IE 浏览器"图标

② 在地址栏内输入上网网址

③ 点击想阅读的文件标题，打开文件

（二）资料下载

1. 文字下载

如果打开的文件是普通的文档，可以拉动鼠标选中所要下载的文字，点击鼠标右键，点击"复制"→"粘贴"到计算机指定的（或提前设立的）文档中。

2. 图片文件下载

① 右键点击文件（图片）正文

② 点击图片另存为，选择存放的路径即可实现存储

3. 文件附件下载

① 右键单击文件名

② 选择存放的路径

③ 选择存储的文件名

④ 点击保存即可实现存储

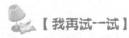 【我再试一试】

　　迅雷等软件下载：有时候，我们在计算机里安装了一些下载软件，下面我们选用迅雷软件去实现资料下载。

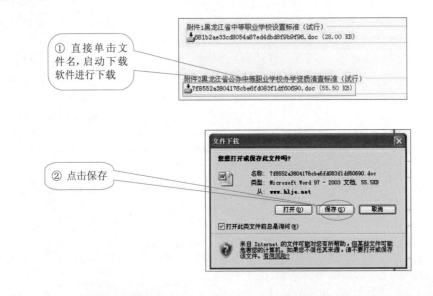

① 直接单击文件名，启动下载软件进行下载

② 点击保存

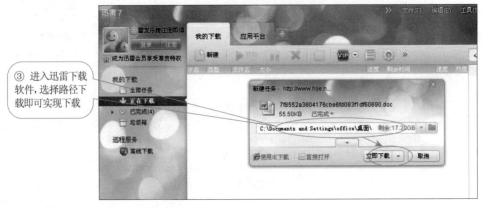

③ 进入迅雷下载软件，选择路径下载即可实现下载

任务4 文档打印

【我的任务】

省教育厅将今年对口升学考试的考试内容电子稿发给我们，现在需要将文件进行打印并发给高三班任课教师，我的操作如下：

【我的操作】

（一）直接打印文档内所有的页

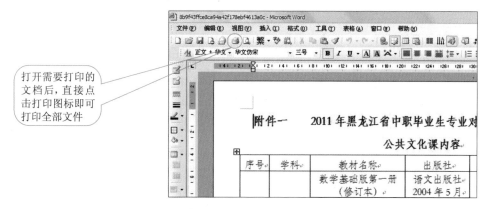

打开需要打印的文档后，直接点击打印图标即可打印全部文件

小提示：①此方式只能打印文档内的全部页；②文档打印之前请查看原稿的纸张大小，然后在打印机内放置对应的纸张，查看方式为："文件"→选择并单击"页面设置"→点击"纸张"，即可查、改纸张大小

（二）打印文档内部分页

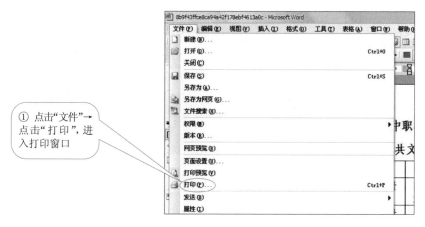

① 点击"文件"→点击"打印"，进入打印窗口

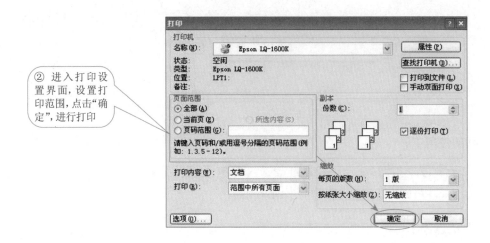

② 进入打印设置界面，设置打印范围，点击"确定"，进行打印

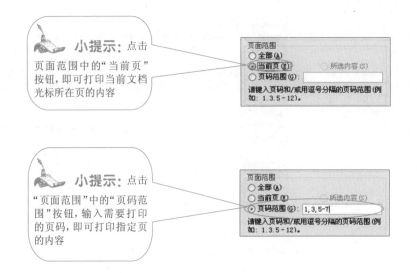

小提示: 点击页面范围中的"当前页"按钮，即可打印当前文档光标所在页的内容

小提示: 点击"页面范围"中的"页码范围"按钮，输入需要打印的页码，即可打印指定页的内容

【我再试一试】

有时候，我们打印文档时，还需要一些特殊的设置。例如：设置打印份数、纸张的缩放、奇偶页的选择、版数以及打印机的设置等。下面，让我们一起实现这些功能。

1. 设置打印份数

在"副本"的"份数"中输入相关的数字，即可打印出想要的份数

2. 正反面打印（使用奇偶页技术）

点击打印（R）处的"▼"，先选择打印文档的"偶数页"，打印完成后按顺序排好文稿并放回纸盒中，再选择"奇数页"即可

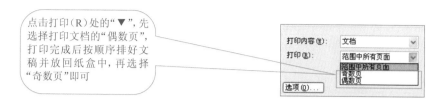

3. 缩放打印

① 一张纸打印几个版面

点击缩放中的每页的版数即可

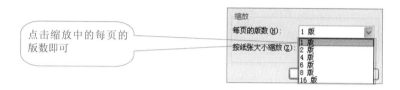

② 放大或缩小打印

点击缩放中的"按纸张大小缩放"可以将文档放大或缩小成指定纸张

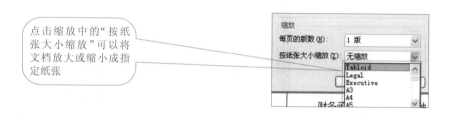

小提示： 现在的打印机分若干种型号，主流打印机按颜色分有彩色和黑白打印机，按打印形式分有激光和喷墨打印机，按纸张的最大容量有 A4、A3 打印机，由于安装的打印机不同，可能某些功能无法实现。请大家根据不同需求选择打印机进行合理配置

任务5 照片扫描

【我的任务】

学校有一些几年前的老照片,想把这些照片存储在电脑里,以便于长久保存,我的电脑已经安装了一部扫描仪,我的任务是把这些照片扫描到电脑里进行保存。

 【我的操作】

(一)扫描模式设定

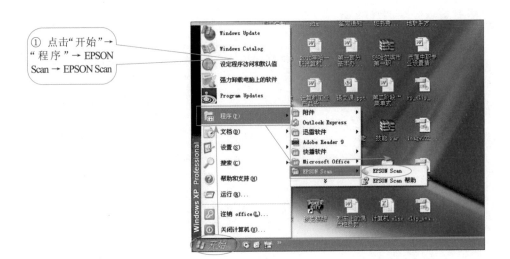

① 点击"开始"→"程序"→ EPSON Scan → EPSON Scan

② 点击更改文件名前缀

③ 点击更改图像的格式

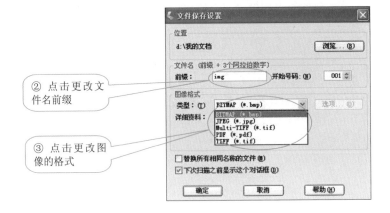

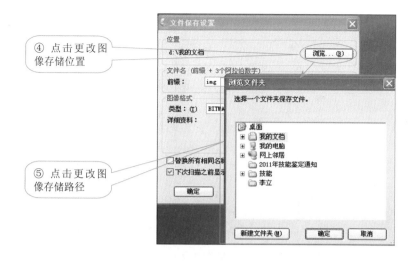

④ 点击更改图像存储位置

⑤ 点击更改图像存储路径

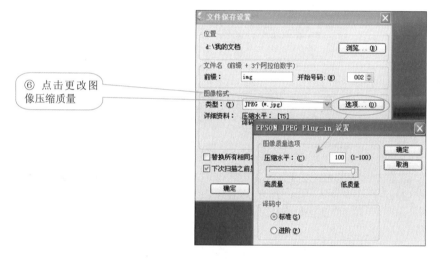

⑥ 点击更改图像压缩质量

（二）专业扫描模式

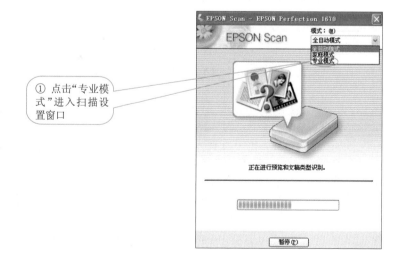

① 点击"专业模式"进入扫描设置窗口

② 点击"预览"按钮进行扫描前预览

③ 用选择框选择扫描区域

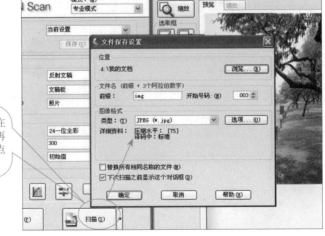

④ 点击扫描按钮，在弹出对话框内可以再次设置相应参数，点击"确定"完成扫描

【我再试一试】

全自动扫描模式

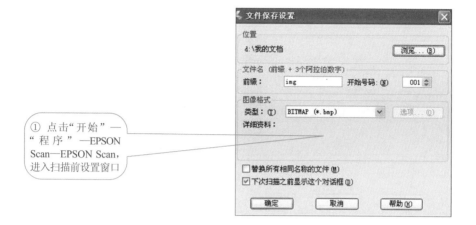

① 点击"开始"—"程序"—EPSON Scan—EPSON Scan，进入扫描前设置窗口

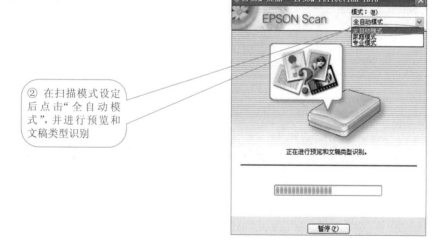

② 在扫描模式设定后点击"全自动模式"，并进行预览和文稿类型识别

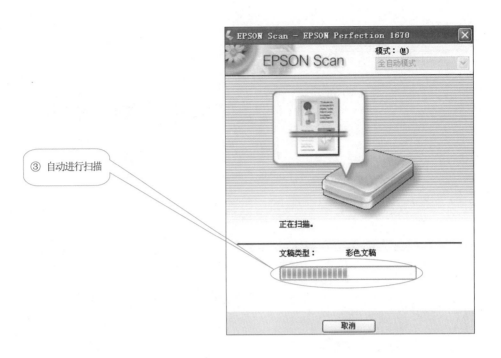

③ 自动进行扫描

④ 全自动模式下扫描结果

⑤ 专业模式下扫描结果

 小提示： 全自动模式和专业模式扫描区别在于：

（1）全自动模式下的扫描照片需要通过专业软件后期进行裁剪处理，专业模式下的扫描照片在扫描过程中已经对照片进行了选取，后期不需要处理；

（2）全自动模式下的扫描照片只能是扫描仪默认设置下扫描的结果，专业模式下可设置初始值、分辨率、图像调节等方面，后期不需要通过专业软件进行处理

【我的任务】

　　我的电脑里存放了一些视频文件,现在我想把这些视频文件刻录到光盘中,以便进行备份保存。为了刻录这些视频文件,我已经安装了 DVD 刻录光驱,准备了一些可刻录的空白光盘,并安装了 Nero 刻录软件,利用刻录软件将这些视频文件刻到光盘上。

【我的操作】

① 点击桌面上按钮"Nero StarSmart"

② 点击照片和视频刻录按钮中的"制作 VCD"

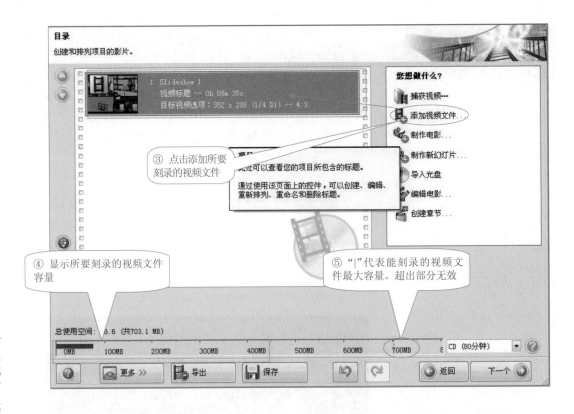

③ 点击添加所要刻录的视频文件

④ 显示所要刻录的视频文件容量

⑤ "|"代表能刻录的视频文件最大容量。超出部分无效

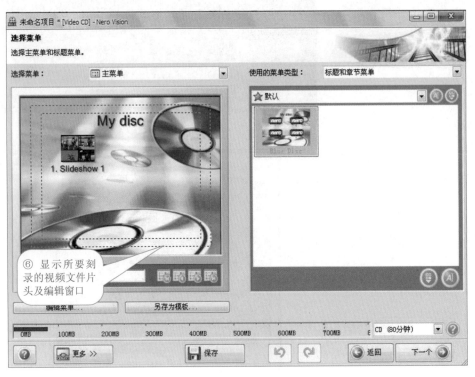

⑥ 显示所要刻录的视频文件片头及编辑窗口

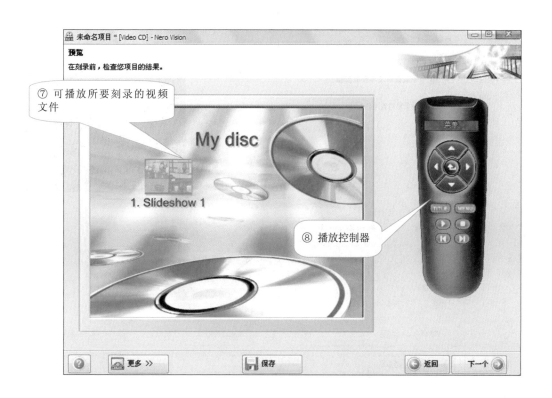

⑦ 可播放所要刻录的视频文件

⑧ 播放控制器

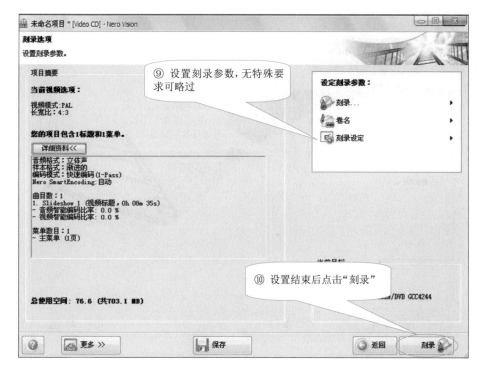

⑨ 设置刻录参数，无特殊要求可略过

⑩ 设置结束后点击"刻录"

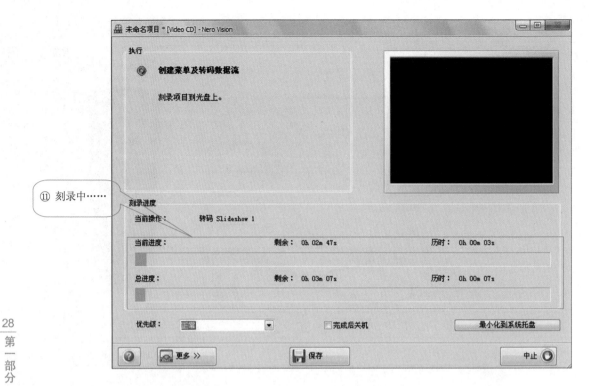

⑪ 刻录中……

⑫ 刻录结束后可进行其他设置操作

第一部分 基本办公操作

任务7 传真接发

【我的任务】

我们在工作的时候，通常会使用传真机进行文件的传送，我现在拥有一台 HP 一体机，利用这台机器的传真功能将一些文件传送给合作企业，并接收传真。

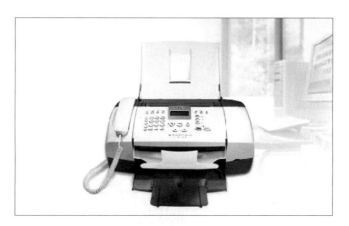

【我的操作】

（一）前期准备

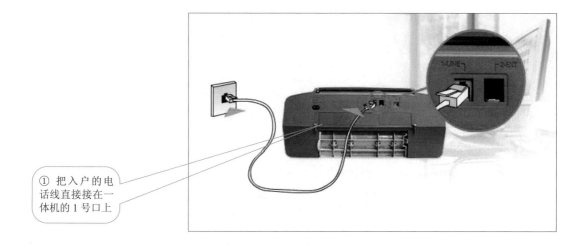

① 把入户的电话线直接接在一体机的 1 号口上

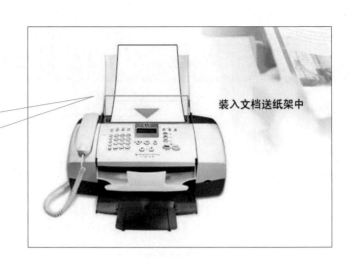

② 将传真原件有字的
一面朝下，以顶部先入
的方式装入一体机的自
动进纸器，如果有多页
原件，也请一并放入，
一体机会自动分页发送

装入文档送纸架中

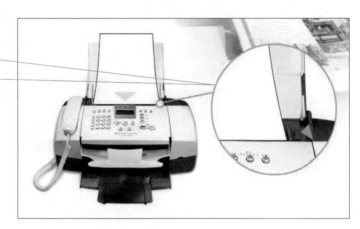

③ 向内滑动原件导板，卡
住原稿两侧，使其平稳的
放置在自动进纸器的中间

小提示：确保
打开文档接纸架延长板

（二）自动发送传真

① 按"传真"键。一
体机液晶屏上将显示
"Phone Number"，请
使用一体机数字键盘
输入对方的传真号码

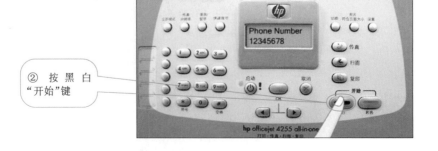

② 按黑白
"开始"键

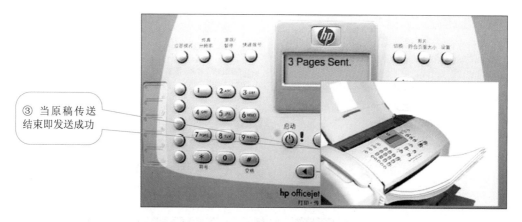

③ 当原稿传送结束即发送成功

（三）自动接收传真

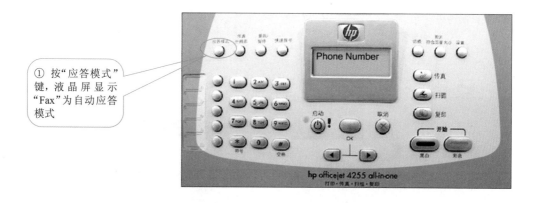

① 按"应答模式"键，液晶屏显示"Fax"为自动应答模式

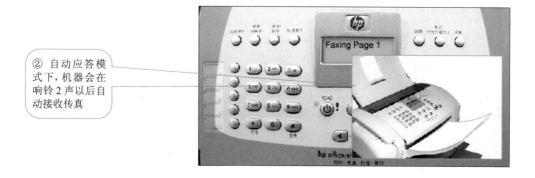

② 自动应答模式下，机器会在响铃2声以后自动接收传真

【我再试一试】

1. 手动发送传真（如果自动拨号后发现对方是有人接听或需要转分机的传真号码，请按"取消"，然后改用手动发送传真方式）

① 提起一体机
机身上的话筒，
一体机液晶屏上
会 显 示"Phone
Number"

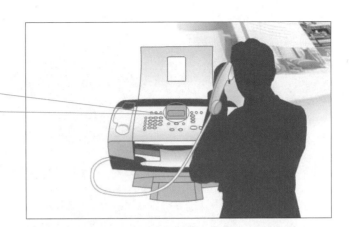

② 请使用一体
机的数字键盘，
输入对方的传
真号码

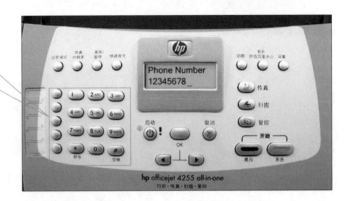

③ 电话接通后如
果对方有人接听，
可以告知对方您是
要发送传真，请对
方给你传真信号

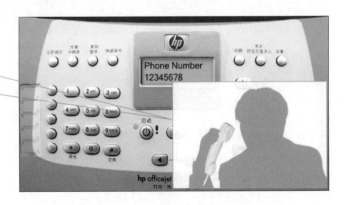

④ 听到一声"嘀……"
的传真信号音后，按一
下黑白"开始"键，液晶
屏会显示 connecting

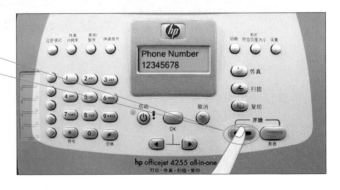

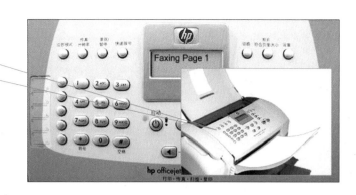

⑤ 将话筒放回原处，随后液晶屏会显示 Faxing Page 1，直到显示 1 Page Sent 时，即说明传真已顺利发出

2. 手动接收传真

① 按"应答模式"键，液晶屏显示"Tel"为手动应答模式

② 手动应答模式下，在响铃后拿起听筒，确认为传真后按"黑白"或"彩色"按钮，随后挂听筒即可手动接收传真

【我的任务】

学校举行一年一度的教师"每人一课"公开课活动,需要用投影仪进行课件展示,学校为教师准备了投影仪和笔记本电脑,我的任务是把投影仪与笔记本电脑连接起来。

【我的操作】

——连接投影机

① 投影仪一般都带有很多附件,必要的附件有:VGA 线,用来和笔记本电脑连接;遥控器,用来遥控投影机工作;电源线

② 打开开关后,出现画面,先要调节支脚,把位置摆正,使画面基本和屏幕处于一个中心

③ 旋转外圈调整画面的大小以适合屏幕

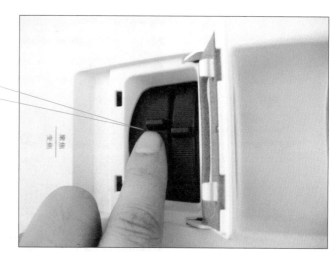

④ 旋转前部内圈调整画面的焦距，将显示由虚变实

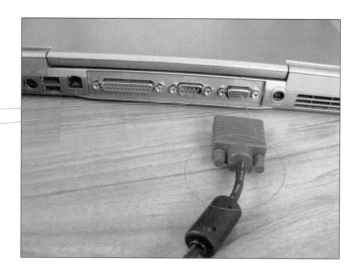

⑤ 将 VGA 接头插入笔记本电脑的视频输出端口

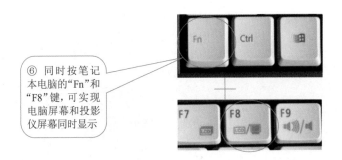

⑥ 同时按笔记本电脑的"Fn"和"F8"键，可实现电脑屏幕和投影仪屏幕同时显示

小提示: 不同笔记本切换键不完全相同，注意查看键位上的显示信息图标

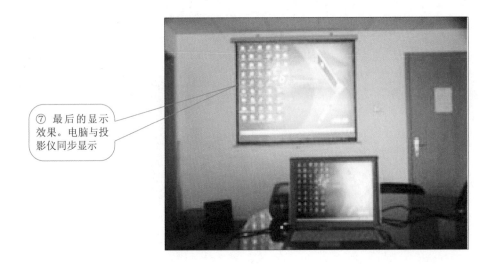

⑦ 最后的显示效果。电脑与投影仪同步显示

【我再试一试】

为了更好地设置、使用和保护投影仪，我们还需要了解一些其他的操作。

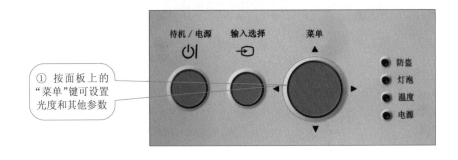

① 按面板上的"菜单"键可设置光度和其他参数

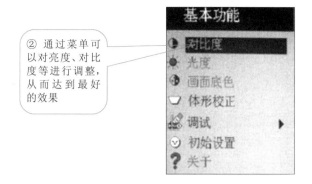

② 通过菜单可以对亮度、对比度等进行调整，从而达到最好的效果

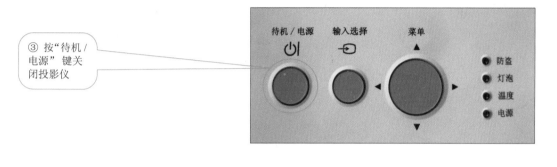

③ 按"待机 / 电源"键关闭投影仪

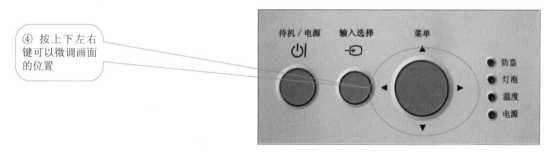

④ 按上下左右键可以微调画面的位置

小提示: 使用完投影机, 按下"待机 / 电源"键将关闭投影仪, 但此时千万要记住, 由于投影仪在工作时机内会产生很高的温度, 所以关机后千万不要马上拔电源, 等到风扇彻底停转后再拔电源(过早拔电会严重影响投影仪的使用寿命)

第二部分

Word图文混排

　　Word 是由微软公司出版的一个文字处理器应用程序，是 Microsoft Office 的一部分，它操作界面直观，点击鼠标就可以完成选择、排版等操作。可以编辑文字、图片、艺术字，数学公式，可以制作表格，满足用户的各种文档处理要求，是现代办公的必备工具。

　　本部分主要选用当今各行业日常办公处理工作最常用的 Word 2003 软件进行图文混排。

学习目标：

1. 熟练掌握文字稿排版技能；
2. 熟练掌握艺术字、图片（照片）、组织结构图的插入与编辑等操作技能；
3. 熟练制作表格并排版；
4. 熟练编辑公式、符号；
5. 熟练进行封面与目录的艺术设计。

注：在用此教材学习 Word 前，希望教师要帮助学生，熟悉计算机的基本操作，如"开机、关机、打字、保存"等事宜；尤其要帮助学生调整使用计算机的界面（也称"窗口"），务必保持下面的状态：（因为相关 Word 图文混排的学习，都是以此环境为前提的），进入该状态的操作路径是：

点击"视图"→点击"工具栏"→必须"√"选"常用"、"格式"、"表格和边框"、"绘图"工具栏，使其在界面直观显示。

【我的任务】

2011年3月9日魏孝良老师参加"区杜郎口课堂教学模式研讨会",区进修校要求交一份听课感悟,他写完后(文稿见下图示),需要按以下要求排版后再上交。我的任务是帮他进行文档排版。

【排版要求】 ① 页面按上、下、左、右页边距2厘米设置,纸张大小为A4;
② 页面底端中间插入页码;
③ 文章题目按"小三宋体加粗,红色并居中"排版;
④ 学校及姓名落款按"小五黑体加粗、居中"排版;
⑤ 正文按"小四宋体、行距21.5磅"排版,标题加粗,段前空2个字

【文稿】

听一节"别开生面"课的启示
哈尔滨市第一职业高级中学校　魏孝良
今天,按照区教育局和区进修校的统一安排,我有幸听了嵩山中学冯宁老师一节《二次根式》的数学课。别开生面、受益匪浅。
听后感到一缕阳光洒入心田,一股春风在心头回荡。一个角色、理念、行为都在发生巧然变化的有效课堂,让听课学习成了一种快乐、一种享受。一节抽象的数学课,让冯老师上得那么生动;一群顽皮的初中生在冯老师的引导下,学得那么主动;一次教研活动,传递着"少讲精练、自主合作"的全区课改理念。
·把课堂还给学生,让学生都"动"起来
冯老师的课,改变了学生学习状态,她让学生动起来,她让课堂活起来,她使课堂教学效果好起来。她巧妙构思,设计"导学案"。她想尽一切办法让学生在教室内、黑板间走动、讨论、答题,交换学习角度;她引导让学生在学习中质疑心动、学会思考。这样的课不会有睡觉溜号的,这样的课才真正落实"教师主导、学生主体、训练为主线"的三主精神。教师遵循杜郎口模式的"10+35"的课堂教学时间量化界定,充分相信学生,让独学、对学、群学有机融合,让学生当小老师,让学生出练习题,让学生互教互评,让学习成为快乐、成为学生能力彰显舞台。教师适时点拨和救援,恰到好处达到教学相长的好处。
·把设计交给老师,让课堂更有实效
课的精彩在课堂,而精力却在课外。冯老师课改主线引领是"导学案"的设计。它不仅是教的路径,也是学的导索;它既要考虑新旧知识衔接,又要考虑例题的典型、练习的举一反三;它不仅要考虑基本知识的掌握,还要思考可能拓展的知识。虽然一节课上老师语言很少,但大量的工作在于课前的设计,在于课前学生预习的指导,因为 "杜郎口" 教学程序就是"预习——展示——交流",学生仅靠课堂预习,时间和效果是远远不够;没有老师精心设计"导学案"的指导,课堂也不可能实现"大容量、立体式、快节奏"的效果,教师课堂的组织与驾驭也不可能游刃有余。
·教学有法、教无定法、贵在得法
交流中深深感到,模式是一种"模型"和"示范",它有自己生存的条件和空间,它不可能是万能的。"杜郎口"确实成为中国"激发学生学习力"的教改典范,它从 "学为中心"、"以生为中心"的思维,在课堂培养学生学习能力、终身发展能力、可持续发展能力。但实践中我们要"扬弃",要"具体问题具体分析",要结合地域学生认知特点、学段认识规律、学科学习目标、课堂具体内容,科学灵活选择可以促使课堂高效的方式方法,而且还要创造性运用,不可照搬,不可"形似",必须"神似"。要在实质精华处做文章,让教法、模式更好地为提升课堂教学质量服务。
(写于2011年3月9日 "区杜郎口课堂教学模式研讨会"后)

【我的操作】

（一）页面设置

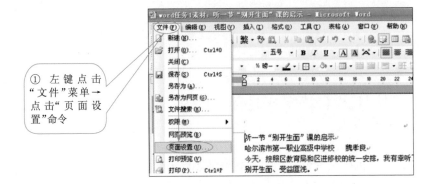

① 左键点击"文件"菜单→点击"页面设置"命令

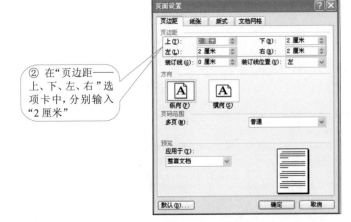

② 在"页边距——上、下、左、右"选项卡中，分别输入"2厘米"

③ 单击"纸张"选项卡→在"纸张大小"中选择"A4"→单击"确定"

（二）插入页码

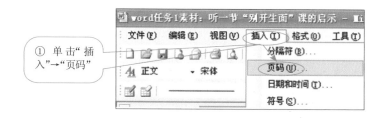

① 单击"插入"→"页码"

② 在"位置"处选择"页面底端"→在"对齐方式"处选择"居中"→单击"确定"

（三）文章题目排版

① 选中文章题目：听一节"别开生面"课的启示
② 在格式工具栏："字体"处选择"宋体"；在"字号"处选择"小三"；点击"B"完成加粗处理；点击"居中"；在"字体颜色"处选择"红色"

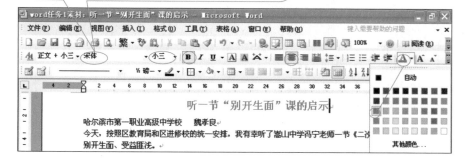

（四）落款排版

① 选中落款"哈尔滨市第一职业高级中学校　魏孝良"
② 在格式工具栏："字体"处选择"黑体"；在"字号"处选择"小五"；点击"B"完成加粗处理；点击"居中"

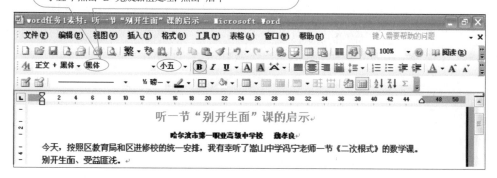

（五）正文排版

① 选中正文
② 在格式工具栏："字体"处选择"宋体"；在"字号"处选择"小四"
③ 选中正文中的小"标题"→点击"B"完成标题的加粗处理

点击键盘"空格键"完成每段首行前空2个汉字位置

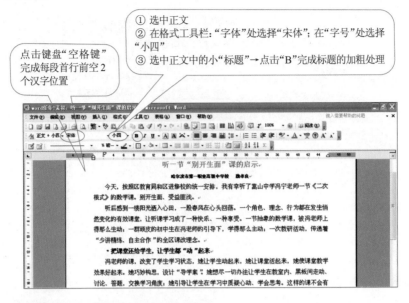

行距排版：
点击"格式"→"段落"→在"行距"处选择"固定值"；在"设置值"处输入"21.5磅"→单击"确定"

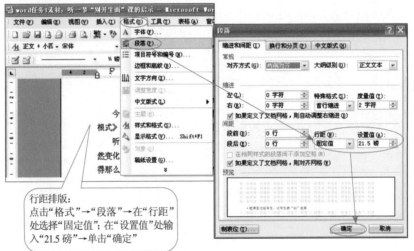

 小技巧：巧用"格式刷"

当新排版文字排版效果要求与某处完全一致时，可用格式刷进行快捷排版操作，步骤：①将光标放到效果排版处；②点击界面上方常用工具栏中格式刷图标 ；③按住鼠标在新排版文字上拖拽 ；④在页面空白处点击一下鼠标

 【我再试一试】

落款分行与段落分栏

做完上述排版后，我想：如果将落款中的学校名称分二行与姓名同排列，即落款分行；如果将文稿的前两段分三栏排版，即段落分栏排版。（效果见下图）我能否尝试一下呢？

听一节"别开生面"课的启示

魏孝良

今天，按照区教育局和区进修校的统一安排，我有幸听了嵩山中学冯宁老师一节《二次根式》的数学课。别开生面、受益匪浅。

听后感到一缕阳光洒入心田，一股春风在心头回荡。一个角色、理念、行为都在发生悄然变化的有效课堂，让听课学习成了一种快乐、一种享受。一节抽象的数学课，被冯老师上得那么生动；

一群顽皮的初中生在冯老师的引导下，学得那么主动；一次教研活动，传递着"少讲精练、自主合作"的全区课改理念。

我的操作步骤是：

1. 落款分行

选中落款文字后，进行如下处理：

2. 段落分栏

在选中文稿的前两段文字后，进行如下处理：

 小技巧：添加文档背景

点击界面上方的"格式"菜单→点击"背景"→

① 背景颜色：选择"其他颜色"→自己灵活选择"标准""自定义"

② 背景效果：选择"填充效果"→自己灵活选择"渐变""纹理""图案""图片"

③ 防伪标识：选择"水印"→自己灵活选择"图片水印""文字水印"

【我的任务】

学校召开行政会,筹备校技能节。要求我写一个图文并茂的会议新闻报道,用于对外宣传。我最后上交文稿效果如下:

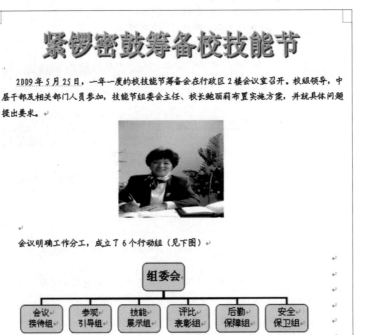

【我的操作】

(一)插入艺术字标题

【第一步】 选择艺术字样式

① 单击界面下端的"插入艺术字"按钮

② 点击"艺术字库"中所选择的艺术字样式→单击"确定"

 小提示：艺术字的样式，可以根据自己的喜好灵活选定

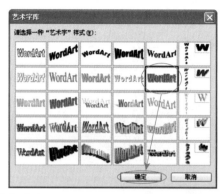

【第二步】 输入并编辑艺术字

在"文字"输入工作区输入
文稿标题：紧锣密鼓筹备校技能
校技能节→单击"确定"
（字体、字号、按默认状态）

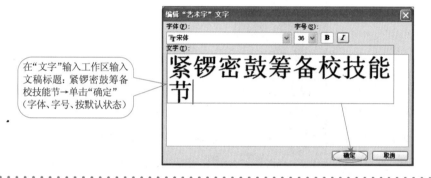

 小提示：艺术字的字体、字号、加粗"B"、倾斜"I"等编辑，可以根据自己的喜好灵活设定

【第三步】 设置艺术字格式（标题居中）

① 选中"紧锣密鼓筹备校技能节"艺术字，界面弹出"艺术字"工具栏→点击"艺术字"工具栏中"设置艺术字格式"命令

② 单击"版式"选项卡→在"环绕方式"中点击"四周型"→在"水平对齐方式"中点击"居中"→单击"确定"

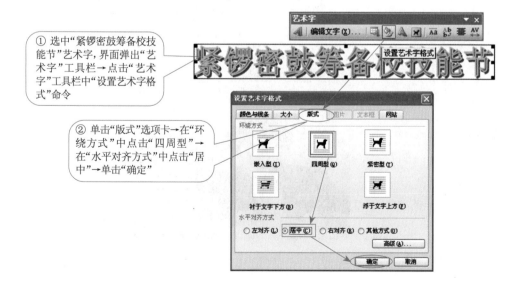

（二）插入图片

【第一步】 插入原图片

① 单击"插入"菜单→"图片"命令→点击"来自文件"命令

② 在"查找范围"处点击"▼"，选择"图片"路径→单击"图片文件"→点击"插入"

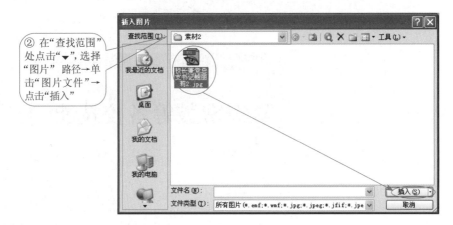

【第二步】 调整插入的图片

① 在 Word 文稿中，单击所插入的图片（即校长照片），界面自动出现图片工具栏→点击图片工具栏中"文字环绕"命令→选择"环绕方式"类型（本例选择"上下型环绕"），图片四周会自动出现八个"〇"

② 光标放置在照片四周八个"○"上,推动调整大小和所放位置

（三）插入组织结构图

【第一步】 选择组织结构图类型

① 单击界面左下方绘图工具栏中"插入组织结构图或其他图示"命令按钮。

② 在图示库中选择图示类型（本例选择第一个）。

③ 单击"确定"。

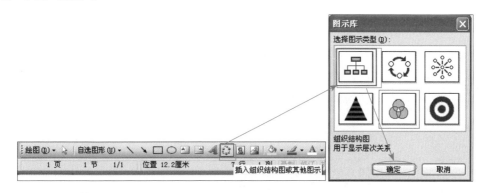

【第二步】 添加结构框图

① 点击已有组织框图的边框,至出现 8 个"●"。

② 在"组织结构图"工具栏中点击"插入形状"的"▼" →选择相应形状（本例选择点击"同事"命令）。

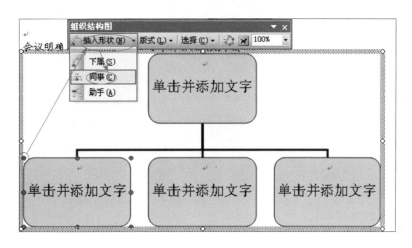

说明： 操作一次则在其后插入一个新框图（本例要求加三个框图，需要三次操作）

【第三步】 添加框图文字

① 单击选中组织图。

② 点击添加文字的框图。

③ 添加相应文字。

④ 调整文字格式（包括字体、字号、加粗、倾斜、居中、字体颜色等，直接点击界面上端"工具栏"按钮）。

说明： 组织结构图在文稿中的大小和位置，可用鼠标放置在框"○"处拖动调整。

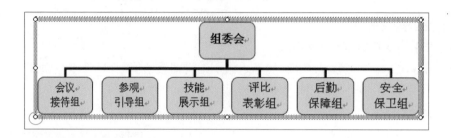

 【我再试一试】

我的操作步骤是：

完成上述工作后，我尝试进一步图文的修饰，使其更加美观（效果见下图），可否尝试一下呢？

1. 设置艺术字的颜色（本例为红色）

① 点击艺术字,四周出现八个"○"。

② 在艺术字工具条上,点击"设置艺术字格式"按钮。

③ 点击"颜色与线条"。

④ 选择填充"颜色"（本例选"红色"）。

⑤ 选择线条"颜色"（本例选"无线条颜色"）。

⑥ 单击"确定"。

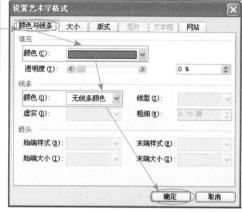

2. 裁剪照片图片

① 点击文稿中的照片或图片,四周出现八个"○";出现"图片"工具条。

② 在图片工具上点击"裁剪"按钮,照片四周出现"┏ ┓ ┗ ┛"等标志。

③ 按住鼠标左键,拖动"┏ ┓ ┗ ┛"等标识,剪掉照片或图片四周不要的部分。

3. 设置组织结构图的底纹、边框颜色

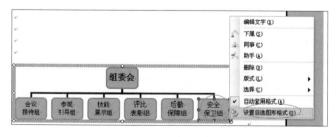

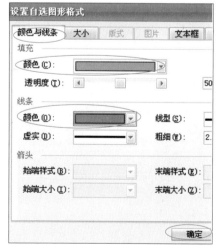

操作步骤： 点击带修饰的框图,至出现 8 个"●"

→ 点击鼠标右键,选择"设置自选图形格式"命令

→ 点击"颜色与线条"。

→ 选择相应的"填充颜色"、"线条颜色"。

→ 单击"确定"。

【我的任务】

会计专业学生李晓微即将毕业，求我帮忙给她做一个求职简历。根据她的基本情况描述和要求，我为她设计了《个人求职简历表》。效果如下：

个人求职简历

姓 名	李晓微	性 别	女	民 族	汉	照片
出生年月	1993. 5	政治面貌	团员	担任职务	学习委员	
毕业学校	哈尔滨市第一职业高级中学校		专 业	会计		
爱 好	喜欢欣赏音乐 爱好文娱活动		特 长	会计电算操作 钱币识别与清点		
获 奖	市三好学生 市文明青少年标兵 省技能大赛记账技能第一名 校技能节会财专业技能全能状元		资格证书	会计资格证书 统计证书 初级会计电算化证书 CEAC办公软件专家证书		
自我评价	做事认真负责 为人诚实守信		求职意向	收银、会计、文员		

【我的操作】

（一） 插入表格

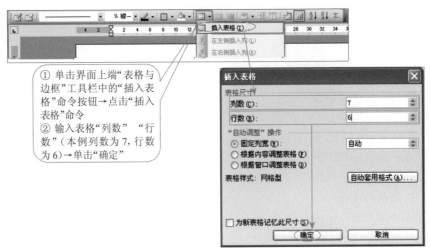

① 单击界面上端"表格与边框"工具栏中的"插入表格"命令按钮→点击"插入表格"命令

② 输入表格"列数""行数"（本例列数为7，行数为6）→单击"确定"

（二）调整表格——合并单元格

操作步骤：选中"要合并的单元格"（如照片处三行合并；毕业学校、爱好、获奖、自我评价的内容栏三列合并；特长、资格证书、求职意向的内容栏二列合并）。→点击界面上端"表格与边框"工具栏中的"合并单元格"命令按钮。

（三）文字输入与排版

① 输入表中文字

② 文字排版：选中待排文字，点击界面上端相应工具栏，完成字体、字号、加粗、倾斜、字体颜色、对齐方式的处理（本例应选择工具栏中的"单元格对齐方式"中"中部居中"命令按钮）。

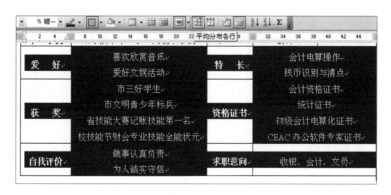

（四）调整行高和列宽

【方法一】（手动随机调整）

将鼠标移到表格行线"⬍"上或列线"↔"上，按住鼠标左键，拖拽调整到理想位置。

【方法二】（平分行列）

选中待平分的行和列，点击界面上端"平均分布各行"，"平均分布各列"按钮（如本例中的后三行需点击"平均分布各行"按钮，见下图）

小技巧：添加表格行列

【方法一】 点击界面左上角绘制表格按钮"✐"，直接在表中画线添加行列

【方法二】 点击界面上端"表格"命令→"插入"→选择插入行和列的位置

 小技巧：删除表格行列

选择要删除的行或列，点击界面上端"表格"命令→"删除"→选择删除"行"或"列"

 【我再试一试】

完成以上任务后，我又做了以下尝试：

（一）粘贴简历表中的照片

【操作要领】

① "复制"个人寸照，"粘贴"到表格照片位置

② 设置照片环绕方式；（可参照任务二）

③ 鼠标调整大小

个人求职简历						
姓　名	李晓微	性　别	女	民　族	汉	
出生年月	1993．5	政治面貌	团员	担任职务	学习委员	
毕业学校	哈尔滨市第一职业高级中学校		专　业	会计		

（二）绘制表格斜线

1. 绘制表头斜线（光标放在表中任何位置，进行以下操作，自动完成表头斜线的绘制）

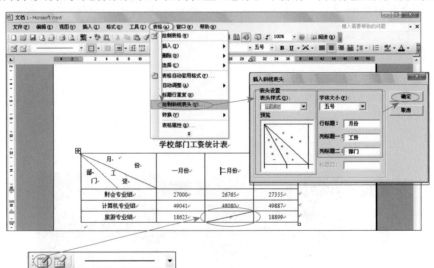

2. 绘制表中斜线

说明：对于表中的斜线，可点击界面左上角绘制表格按钮"✐"，直接在表中划线即可。

（三）表格标题行重复

【方法一】 光标放在第一页表格首行→点击界面上端"表格"→点击"标题行重复"命令。
以后各页表格第一行会自动重复首页标题栏内容（如下图所示）。

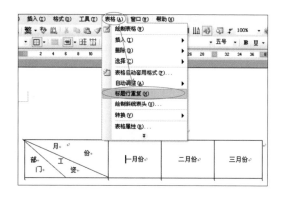

【方法二】 复制、粘贴标题（手动）

任务4 数学试卷

【我的任务】

数学老师让我帮忙打一份数学试卷，根据她的要求，我给她设计了一份满意的数学试卷。效果如下：

数学测试卷

一、选择题：

1.设全集 $I=\{$小于 6 的正整数$\}$，$A=\{1, 2, 3\}$，$B=\{2,3,5\}$，则 $C_I(A\bigcap B)$ 等于（　　　）

① $\{2,3,4,5\}$　　　②$\{1,4,5\}$　　　③ $\{4\}$　　　④ $\{1,5\}$

2.$\dfrac{\tan 105^0 -1}{\tan 105^0 +1}=($　　　$)$

①$\dfrac{\sqrt{3}}{3}$　　　②$-\dfrac{\sqrt{3}}{3}$　　　③$\sqrt{3}$　　　④$-\sqrt{3}$

3. 把 6 本不同的书，分给 2 个学生，每人得 3 本，共有（　　　）种不同分法。

① C_6^3　　　　②A_6^3　　　　③$2C_6^3$　　　　④$\dfrac{1}{2}A_6^3$

二、填空题：

1.已知函数 $f(x)=\begin{cases}-x(x>0)\\ x^2(x<0)\end{cases}$，则 $f\big[f(3)\big]=$ _____

2.如果 $\log_{0.2}a>\log_{0.2}3$，则 a 的取值范围是 _____

3. $S=\sum\limits_{i=1}^{50}i$ 结果是 _____

三、解答题：

◆求函数 $y=2\tan(2x+\dfrac{\pi}{4})$ 的定义域

【我的操作】

（一）进入"公式编辑器"

在数学试卷中，许多数学公式需要采用"公式编辑器"来完成，操作办法：

光标放在文稿插入公式处，单击界面上端"插入"→"对象"→"Microsoft 公式 3.0"→"确定"。

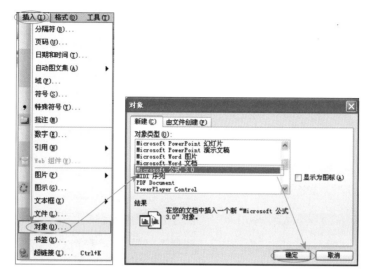

（二）认识"公式编辑器"的符号和模板

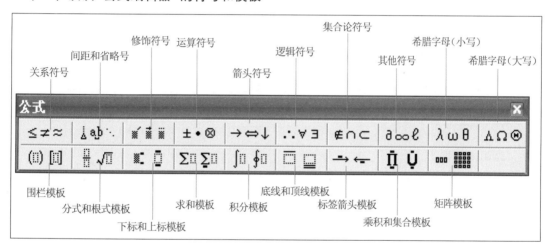

（三）编辑数学公式

1. 操作流程

选择"公式编辑器"中对应模板、符号，编辑具体公式。

例如

$$f(x) = \begin{cases} -x(x > 0) \\ x^2(x < 0) \end{cases}$$

操作如下：

① 进入公式编辑器后，直接输入"$f(x)=$"

② 选择"围栏模板"中的"{"→输入"$-x(x > 0)$"，按"回车"键，"$x^2(x < 0)$"，在公式外任意单击鼠标，完成操作（其余公式操作，方法同此）。

2. 操作提示

① 第1选择题：题干、选项中"{ }"，选择"围栏模板"操作；题干中其余公式考虑"下标模板"和"集合论符号"操作。

② 第 2 选择题：题干公式考虑"分式模板"和"上标模板"；选项考虑"根式模板"和"分式模板"。

③ 第 3 选择题：选项考虑"上下标模板"和"分式模板"。

④ 第 1 填空题：考虑"围栏模板"（具体指"{ }"、"[ ]"）。

⑤ 第 2 填空题：考虑"上下标模板"。

⑥ 第 3 填空题：考虑"求和模板"。

⑦ 解答题：考虑"分式模板"和"希腊字母（小写）"。

（四）插入特殊符号

1．插入特殊序号（①②③④⑤等）

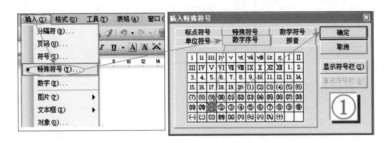

2．插入特殊符号（如解答题中的"◆"）

操作流程同"插入特殊序号"，（见上图）。只是将原选"数字序号"改为"特殊符号"，将原选"①"改为"◆"

【我再试一试】

数学试卷制作完成后，我想：在页眉处加上班级和姓名排版的操作

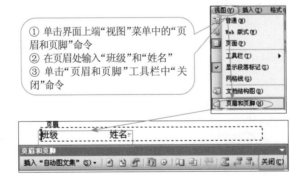

任务5 封面与目录

【我的任务】

学校要召开第十届学生技能大会，组委会让我帮忙设计《程序册》的封皮和目录。我根据要求，为赛会设计的封皮和目录如下：

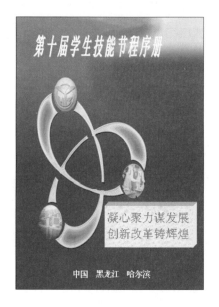

目 录	
会序 ……………………………………………………… 1	
工作人员名单 ………………………………………… 2	
操场区位分布图 …………………………………… 3	
技能展示安排（操场）…………………………… 4	
实习互动安排（实习楼）……………………… 5	
学生专业技能达标统计表 ………………… 6	
学生专业技能竞赛光荣榜 ……………… 7	

【我的操作】

（一）封皮设计

1. 封皮名称（艺术字设计）

① 单击"绘图"工具栏中"插入艺术字"命令按钮
② 选择艺术字样式
③ 单击"确定"

④ 输入封皮题目并排版（本例中在"字体"中选择"宋体"；"字号"中选择"40"；选择加粗"B"；选择倾斜体"I"）

⑤ 艺术字封皮题目颜色处理（本例中选白色）：
选中"第十届学生技能程序册"艺术字→单击"艺术字"工具栏中"设置艺术字格式"命令按钮
→单击"颜色与线条"选项卡→选择线条"颜色"（本例选"无线条颜色"）
→单击"确定"

2. 插入图片

① 复制、粘贴所给图片，并设"环绕方式"（本例中选"衬于文字下方"）

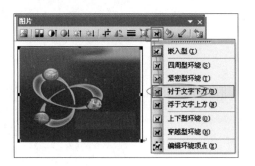

② 拖拽鼠标调整图片大小

3．主题词

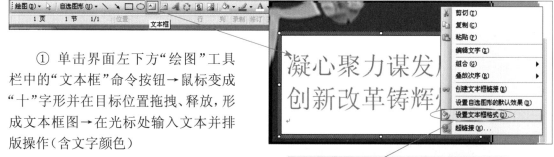

① 单击界面左下方"绘图"工具栏中的"文本框"命令按钮→鼠标变成"十"字形并在目标位置拖拽、释放,形成文本框图→在光标处输入文本并排版操作(含文字颜色)

② 鼠标选中"文本框"框线边缘,变成"✛",单击右键点击"设置文本框格式"命令

③ 单击"颜色与线条"选项卡→单击填充"颜色"→单击"填充效果"命令→单击"纹理"选项卡,选择"纹理"样式→单击"确定" 回到"设置文本框格式"对话框中

④ 点击"颜色与线条"选项卡→选择线条颜色为"无线条颜色"→单击"确定"

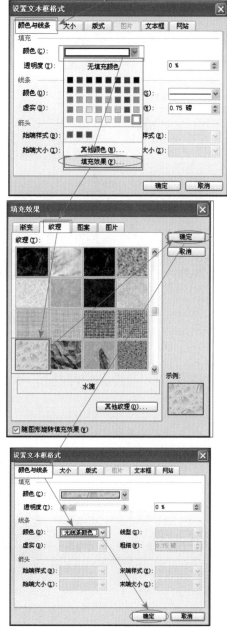

⑤ 主题词的三维效果处理

选中"文本框" → 单击"绘图"工具栏中"三维效果样式"（本例中选择"三维样式 1"命令

4. 单位落款（本例采用"自选图形" —— "矩形"技术）

① 单击左下角"绘图"工具栏中"矩形"命令按钮 →鼠标变成"十"字形并在目标位置拖拽、释放，形成文矩形框图
② 鼠标选中"矩形"框线边缘变成"✛"，右键点击"设置自选图形格式"命令

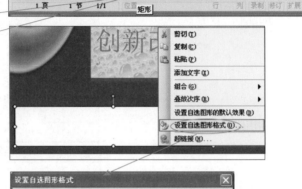

③ 单击"颜色与线条"选项卡→填充颜色选择"无填充颜色"命令；线条颜色选择"无线条颜色"→单击"确定"

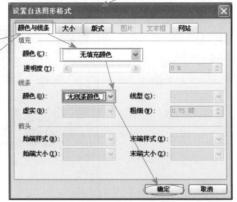

④ 添加文字：选中"矩形"，鼠标在"。"的位置单击右键→点击"添加文字"命令，在光标处输入文本"中国黑龙江哈尔滨"并排版操作

（二）目录排版

1. 对照内容输入目录文字及页码
2. 键盘点击"Shift+6"键，完成"………………"的操作

【我再试一试】

查找与替换：组委会想在程序册中查找"光荣"字样，并改为"成绩"字样。我通过计算机的 Word 中查找与替换功能，很快达到目的，我的操作过程是：

 小技巧：图片的组合

使用"组合"技术，可使多个图片捆绑组合不散，操作步骤为：选中界面左下角"绘图"工具栏中选择对象"⇧"按钮，拖拽鼠标覆盖图片出现"○"，点击"绘图"中"组合"

第三部分

Excel电子表格

Excel 是微软公司的办公软件 Microsoft Office 的组件之一，是一款电子表格软件，它可以进行各种数据的处理、统计分析和辅助决策操作，尤其是统计表的求和、平均值、排序、分类汇总等功能和统计图的直观显示，在数据统计与分析中有独特的优势，给使用者带来很多方便。

本部分主要选用当今办公应用中最常用的 Excel 2003 软件进行电子表格操作。

学习目标：

1. 熟练掌握电子表格的制作、数据的计算等技能；
2. 熟练掌握数据图的生成技能。

任务1　学生成绩统计表

【我的任务】

某职业院校举行计算机技能竞赛，委托我做以下工作：

1．成绩录入并排版；

2．计算总分和平均分，并按从高到低排出总顺序；

3．分类汇总各班级的单项成绩、总分和平均分。

【我的操作】

（一）电子表格创建

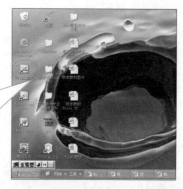

方法一：左键双击计算机桌面上 Excel 2003 图标

方法二：单击计算机桌面左下角"开始"→所有程序→ Microsoft Office → Microsoft office Excel 2003

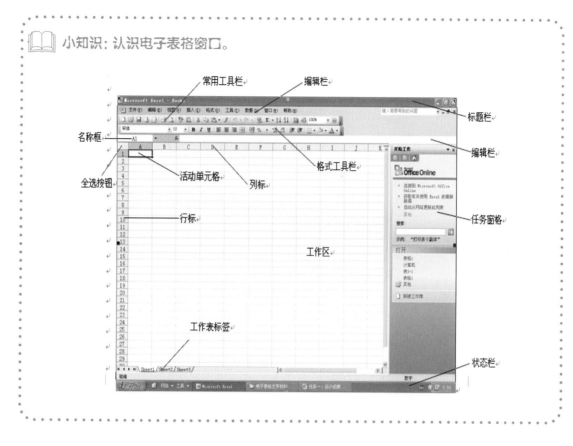

小知识：认识电子表格窗口。

（二）电子表格操作

1. 输入成绩：将大赛评委会给我的成绩单直接输入表格中。

小提示：

输入标题的办法：光标选中标题所在的单元格→点击界面上的"合并及居中"按钮→输入标题文字

	A	B	C	D	E	F	G	H
1			某职业院校计算机技能竞赛成绩统计表					
2	学号	姓名	班级	录入	排版	网页	总分	平均分
3	20080608	孙 佳	营销班	95	80	85		
4	20080602	高 义	财会班	75	84	90		
5	20080605	王 博	计算机班	95	97	91		
6	20080609	王小丫	财会班	95	52	85		
7	20080603	李树林	财会班	93	100	76		
8	20080604	王思琪	营销班	98	65	48		
9	20080607	于晓溪	财会班	80	90	90		
10	20080601	刘海洋	营销班	34	96	85		
11	20080610	苏小卓	计算机班	100	88	85		
12	20080606	田大磊	计算机班	100	89	72		

2．计算总分

【第一步】 计算第一人的"总分"

① 光标点击第一人的总分栏空白单元格
② 点击∑右侧"▼"按钮
③ 点击"求和"选项
④ 点击键盘上的Enter键

【第二步】 计算全体"总分"

说明：

① 点击"第一人总分 260"的单元格
② 光标移动到该单元格右下角，出现"+"号
③ 按鼠标左键向下拖拽"+"号，系统自动生成每个人的总分

3．计算平均分

【第一步】 计算第一人的"平均分"

① 光标点击第一人的平均分栏空白单元格
② 点击∑右侧"▼"按钮
③ 点击"平均值"选项
④ 修改平均函数命令

说明：由于平均分计算不包括"总分"列的数据，因此需要将系统自动生成的平均函数命令进行修改：即将"G3"改为"F3"

⑤ 点击键盘上的 Enter 键，即可算出第一行的平均分

【第二步】 计算全体"平均分"

操作步骤：

① 点击"第一人平均分 86.67"的单元格

② 光标移动到该单元格右下角，出现"+"号

③ 按鼠标左键向下拖拽"+"号，系统自动生成每个人的平均分

4. 排序（从高到低排出总顺序）

操作步骤：

① 光标选中表格各栏

② 点击界面上端"数据"

③ 点击"排序"

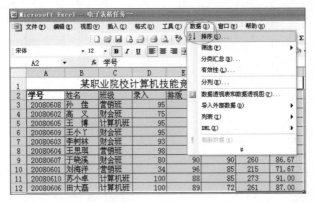

④ 在"排序"对话框中选择排序的标准：选择"总分""降序"为主要关键字→选择"网页""降序"为次要关键字→点击"确定"

> **小提示：** 排序选用的主要、次要、第三关键字及升降序，可以自行灵活设计

5. 分类汇总（计算各班级的单项成绩、总分和平均分）

【第一步】 按"班级"为主要关键字排降序

> **小提示：** 操作规程同全体排序，见上图。区别是将"总分"关键字改成"班级"，去掉"网页"关键字（排序操作效果见下图）

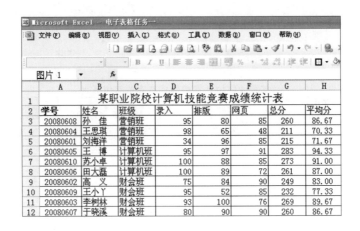

【第二步】 分类汇总各班各项成绩

操作步骤：

① 光标选中表格（除标题行）

② 点击界面上端"数据"

③ 点击"分类汇总"

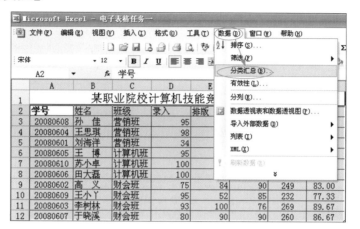

④ 选择分类汇总标准：选择"班级"为分类字段→选择"求和"为汇总方式→选择"录入、排版、网页、总分、平均分"为选定汇总项（其余栏目按自动生成）→点击"确定"

🖋 **小提示**：分类汇总选用的分类字段、汇总方式、选定汇总项可以自行灵活设计

分类汇总后的效果见下图

	A	B	C	D	E	F	G	H
1	某职业院校计算机技能竞赛成绩统计表						
2	学号	姓名	班级	录入	排版	网页	总分	平均分
3	20080608	孙 佳	营销班	95	80	85	260	86.67
4	20080604	王思琪	营销班	98	65	48	211	70.33
5	20080601	刘海洋	营销班	34	96	85	215	71.67
6			营销班 汇总	227	241	218	686	228.67
7	20080605	王 博	计算机班	95	97	91	283	94.33
8	20080610	苏小卓	计算机班	100	88	85	273	91.00
9	20080606	田大磊	计算机班	100	89	72	261	87.00
10			计算机班 汇总	295	274	248	817	272.33
11	20080602	高 义	财会班	75	84	90	249	83.00
12	20080609	王小丫	财会班	95	52	85	232	77.33
13	20080603	李树林	财会班	93	100	76	269	89.67
14	20080607	于晓溪	财会班	80	90	90	260	86.67
15			财会班 汇总	343	326	341	1010	336.67
16			总计	865	841	807	2513	837.67

6. 表格修饰

【第一步】 添加表格边框线

方法一：选中待修饰的表格→在界面上端的工具栏中,选择"边框"按钮→先后选择"所有框线"和"粗匣框线"图标→点击"确定"

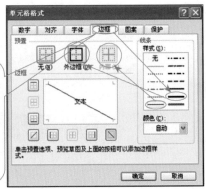

方法二：选中待修饰的表格→键盘输入"Ctrl 1"→点击"边框"→选择"线条样式",点击"外边框"按钮→选择"线条样式",点击"内部"按钮→点击"确定"

【第二步】 文字修饰

说明：选择待修饰的表格,按修饰要求点击界面上的相关按钮(如本例中的"文字居中对齐"等),程序同 Word 操作。

	某职业院校计算机技能竞赛成绩统计表							
	A	B	C	D	E	F	G	H
2	学号	姓名	班级	录入	排版	网页	总分	平均分
3	20080608	孙 佳	营销班	95	80	85	260	86.67
4	20080604	王思琪	营销班	98	65	48	211	70.33
5	20080601	刘海洋	营销班	34	96	85	215	71.67
6	20080605	王 博	计算机班	95	97	91	283	94.33
7	20080610	苏小卓	计算机班	100	88	85	273	91.00
8	20080606	田大磊	计算机班	100	89	72	261	87.00
9	20080602	高 义	财会班	75	84	90	249	83.00
10	20080609	王小丫	财会班	95	52	85	232	77.33
11	20080603	李树林	财会班	93	100	76	269	89.67
12	20080607	于晓溪	财会班	80	90	90	260	86.67

小提示：复杂文字修饰：选择待修饰的表格→在键盘输入"Ctrl 1"→点击"对齐"→选择"对齐方式",即可灵活处理

（三）电子表格保存

1. 修改工作表表签

说明：鼠标左键双击界面左下角的工作表表签"Sheet1"→按要求输入表名(如本例中输入"学生竞赛成绩表")。

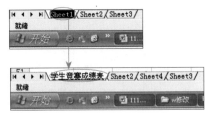

2. 保存工作簿

操作步骤：

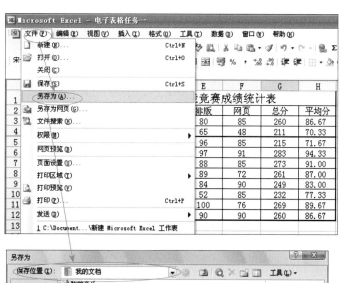

① 点击"文件"→
"另存为"
② 选择保存位置
③ 修改文件名
④ 点击"保存"

可修改文件名

【我再试一试】

完成表格操作后，我又尝试了几个常见制表技术操作，收获很大。

1．单元格文字自动换行

如果单元格文字较多，出现隐藏现象，可使用"自动换行"技术：选择待修饰的表格（或单元格）→在键盘输入"Ctrl 1"→点击"对齐"→点击"自动换行"即可。

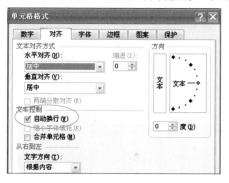

2．单元格行宽列高调整

电子表格的行宽、列高除机器自动生成之外，还可以根据需要灵活调整。主要方法有二：

（1）自动统一调整

◆ 调整行高：选择待调整行高的单元格→点击"格式"→"行高"→"直接输入数值"

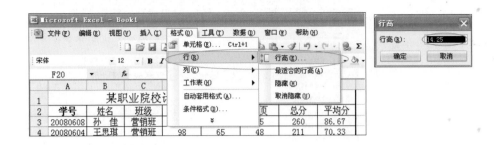

◆ 调整列宽：选择待调整列宽的单元格→点击"格式"→"列"→"直接输入数值"

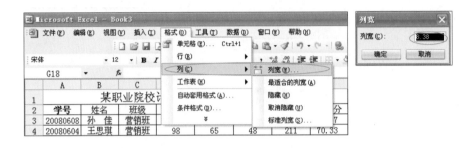

（2）手动个性调整

◆ 调整行高：

将光标放在待调整行高的左侧数字行标线上，出现"+"号，按鼠标左键上下拖放"+"号至所需标准（注意观察旁边的行高数值提示）

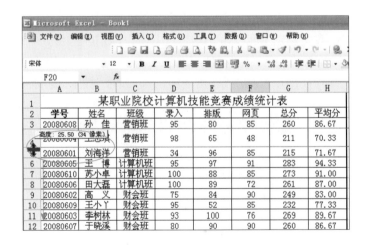

◆ 调整列宽：

将光标放在待调整列宽的上端字母列标线上，出现"+"号，按鼠标左键左右拖放"+"号至所需标准（注意观察旁边的列宽数值提示）

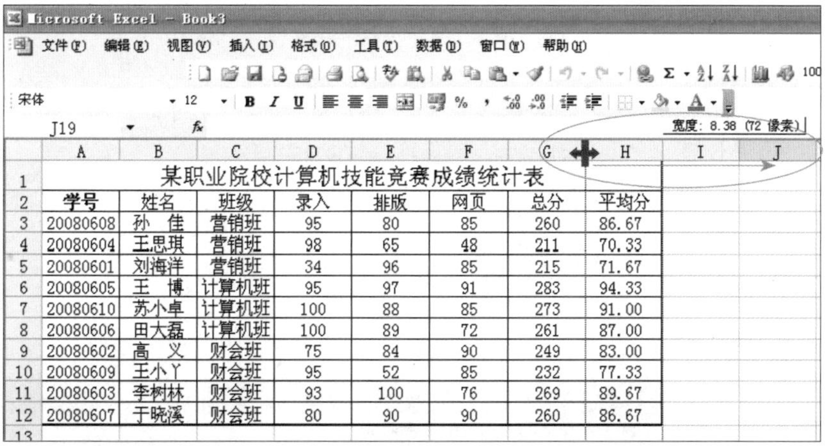

某职业院校计算机技能竞赛成绩统计表							
学号	姓名	班级	录入	排版	网页	总分	平均分
20080608	孙　佳	营销班	95	80	85	260	86.67
20080604	王思琪	营销班	98	65	48	211	70.33
20080601	刘海洋	营销班	34	96	85	215	71.67
20080605	王　博	计算机班	95	97	91	283	94.33
20080610	苏小卓	计算机班	100	88	85	273	91.00
20080606	田大磊	计算机班	100	89	72	261	87.00
20080602	高　义	财会班	75	84	90	249	83.00
20080609	王小丫	财会班	95	52	85	232	77.33
20080603	李树林	财会班	93	100	76	269	89.67
20080607	于晓溪	财会班	80	90	90	260	86.67

3．表格序号的自动生成

表格的第一列一般都是序号，能否自动生成，我尝试了一个便捷操作的小技巧。

操作步骤：输入第一、二行的序号“1”、“2”→选中“1”、“2”所在单元格→光标放至单元格右下角，出现“+”号，→按鼠标左键向下拖放“+”号至最后一行，即自动生成表格的全部序号

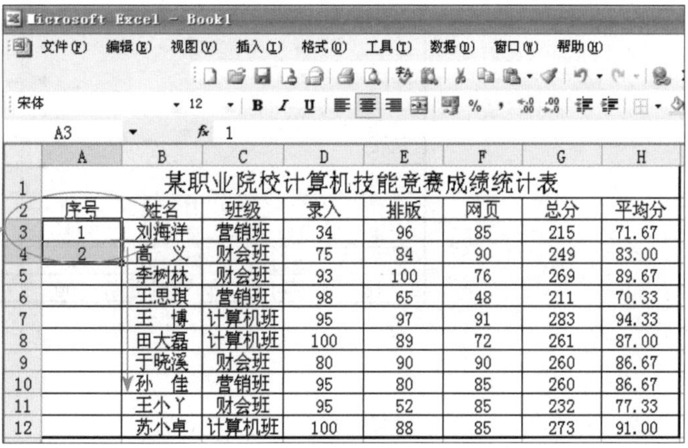

某职业院校计算机技能竞赛成绩统计表							
序号	姓名	班级	录入	排版	网页	总分	平均分
1	刘海洋	营销班	34	96	85	215	71.67
2	高　义	财会班	75	84	90	249	83.00
	李树林	财会班	93	100	76	269	89.67
	王思琪	营销班	98	65	48	211	70.33
	王　博	计算机班	95	97	91	283	94.33
	田大磊	计算机班	100	89	72	261	87.00
	于晓溪	财会班	80	90	90	260	86.67
	孙　佳	营销班	95	80	85	260	86.67
	王小丫	财会班	95	52	85	232	77.33
	苏小卓	计算机班	100	88	85	273	91.00

4．信息筛选

（1）文字筛选

财会班主任想了解本班学生竞赛成绩情况，我运用“筛选”技术快速完成了任务。

操作步骤：光标置于表格任意单元格中→点击界面上端“数据”→选择“筛选”→选择“自动筛选”→点击“班级”栏目的按钮→选择筛选的标准“财会班”，表格就会只保留财会班的信息（效果见下图）

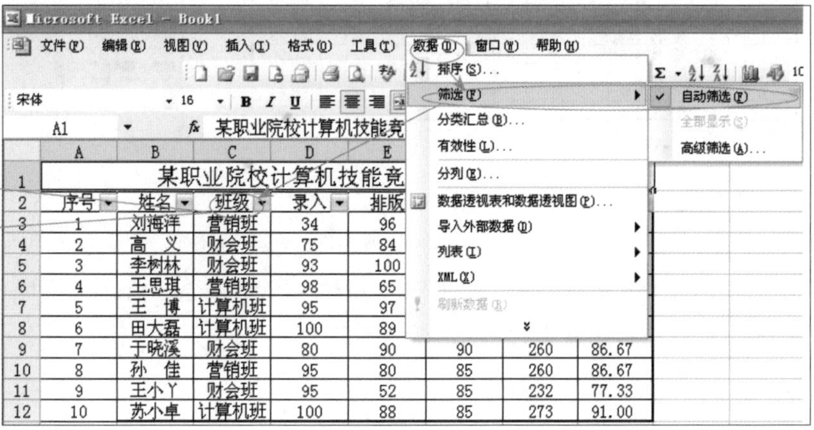

序号	姓名	班级	录入	排版			
1	刘海洋	营销班	34	96			
2	高　义	财会班	75	84			
3	李树林	财会班	93	100			
4	王思琪	营销班	98	65			
5	王　博	计算机班	95	97			
6	田大磊	计算机班	100	89			
7	于晓溪	财会班	80	90	90	260	86.67
8	孙　佳	营销班	95	80	85	260	86.67
9	王小丫	财会班	95	52	85	232	77.33
10	苏小卓	计算机班	100	88	85	273	91.00

（2）数字筛选

大赛组委会要求提供出竞赛优秀选手的成绩，我运用"筛选"技术手段完成了操作。

操作步骤：光标放在表格任意单元格中→点击界面上端"数据"→选择"筛选"→选择"自动筛选"→点击"平均分"栏目的按钮→选择"自定义"→在筛选方式中输入优秀的标准"80≤平均分＜100"，表格就会只保留平均分优秀选手的信息（效果见下图）

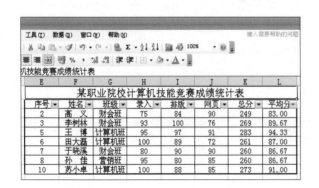

📖 **小知识**：字体颜色：选中单元格→点击界面上端的字体颜色"<u>A</u>"按钮即可。表格复制：选中电子表格→点击"复制"→"粘贴"到 Word 或 Excel 文档均可。表格内容删除：选中单元格→点击键盘上的"Delete"键位即可

任务2 调查问卷统计图

【我的任务】

王教研员在某职业高中调查后，让我根据她的 3 个调查数据 Excel 表制作相应的饼图、柱形图和折线图，以便更直观地表现数据情况。接受任务后，我分析她要的最后效果应该是：

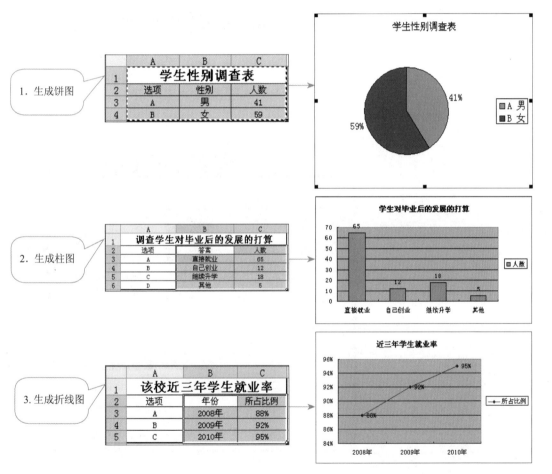

📖 **小知识**：Excel 图表可以直观表现数据间的相对关系，其中饼图主要表现数据间的比例分配关系；柱形图主要比较数据间的大小关系；折线图主要反映数据间的趋势关系

【我的操作】

（一）生成饼图

【第一步】 选择图表类型

① 选择 Excel 表中的数据

② 左键点击"图表向导"

③ 选择"标准类型"中的"饼图"→"子图表类型"→点击"下一步"

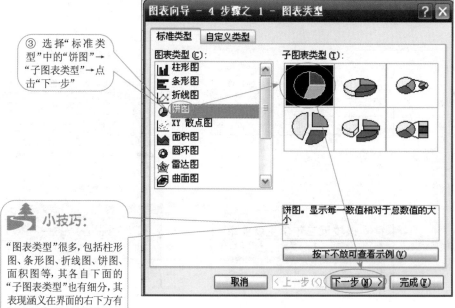

小技巧：

"图表类型"很多，包括柱形图、条形图、折线图、饼图、面积图等，其各自下面的"子图表类型"也有细分，其表现涵义在界面的右下方有提示，可参考。见右图

【第二步】 生成图表

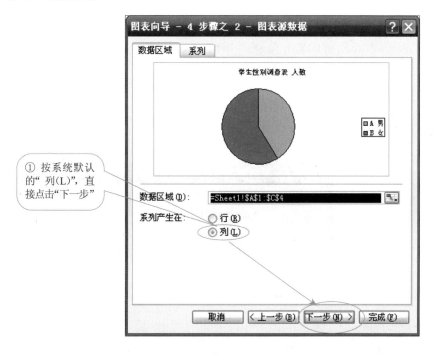

① 按系统默认的"列(L)",直接点击"下一步"

② 系统自动生成"标题——图表标题"的名称(去掉"人数"字样)

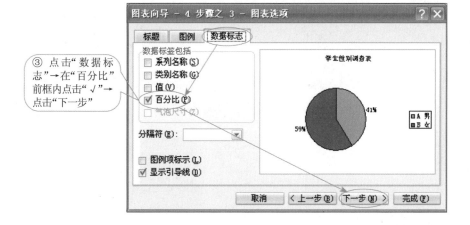

③ 点击"数据标志"→在"百分比"前框内点击"√"→点击"下一步"

【第三步】 保存图表

小提示：图表存放的位置有两种：一种是 Excel 数据表与图分离，不在同一个页面，操作方法是点击"作为新工作表插入"；另一种是在 Excel 数据表下面直接生成图，方法是点击"作为其中的对象插入"

经请示王老师，她想要"表图合一"的效果。

选择"作为其中的对象插入"→点击"完成"

（二）生成柱形图
（三）生成折线图

按照做饼图的操作步骤，我在饼图操作第一步骤③选图表"标准类型"环节，改选"柱形图"或"折线图"即可，其余操作步骤与做饼图完全一样。

我很快完成了饼图、柱形图和折线图，王老师看后很满意，我很高兴！

【我再试一试】

交完作业后，我很兴奋。我想：在一项调查结束后，应该写调查报告，如果能将调查的数据配图说明，这样的调查报告图文并茂，效果一定很好。那么怎样把数据统计图放到 Word 文档中。我想试一试。

小提示：经请教计算机老师，完成的操作步骤是：①在统计图框内鼠标左键点击选中图表。②点击"复制"。③在 Word 文档中点击"粘贴"

第四部分

PPT演示文稿

使用 PowerPoint 制作多媒体课件，只需将要展示的内容添加到一张张幻灯片上，然后设置好这些内容的动画显示效果，就可以制作出包含文字、图片、声音、视频、动画等多种媒体的课件，并不需要高深的编程技术。

本部分选用 PowerPoint 2003 软件，它是微软公司普遍应用的 Office 2003 办公软件中的一款多媒体演示文稿制作软件，它秉承了 PowerPoint 容易掌握、效果直观、结构清晰的特点，又在动画效果、幻灯片切换效果等方面有了更大的提高。在课件制作过程中，可以充分利用这些功能设计出精美的课件内容和幻灯片转场效果。

学习目标：

1. 熟练掌握最基本最常用的静态教学课件制作技能；
2. 熟练掌握图文混排的静态讲座课件制作技能；
3. 熟练掌握涵盖视频、图片的动态宣传片课件制作技能；
4. 掌握生日贺卡制作技能；
5. 掌握电子相册制作技能。

任务1 教学课件

【我的任务】

新的学期开始了，语文教研室钱老师让我帮忙做一节公开课教学课件。公开课的内容是《荷塘月色》，钱老师要求：①片头上要有标题、学校、讲课教师及时间；②主片是关于荷塘月色的解析和图片。听了钱老师的讲述，我设计了她想要的教学课件如下：

【我的操作】

（一）制作片头

【第一步】　创建新演示文稿

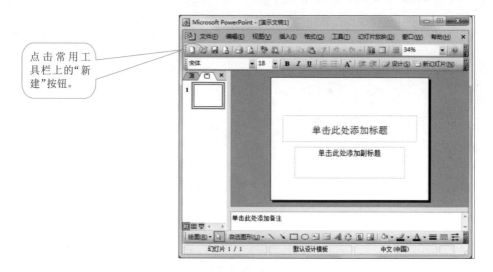

点击常用工具栏上的"新建"按钮。

📖 **小知识：删除幻灯片操作**

　　①选中要删除的幻灯片；②按 Delete 键

【第二步】 插入文字

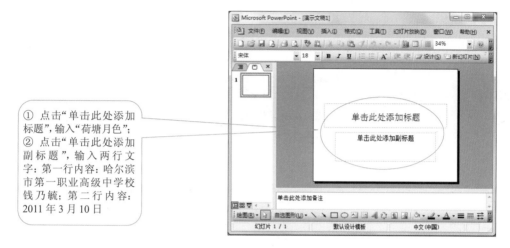

① 点击"单击此处添加标题"，输入"荷塘月色"；
② 点击"单击此处添加副标题"，输入两行文字：第一行内容：哈尔滨市第一职业高级中学校钱乃毓；第二行内容：2011 年 3 月 10 日

【第三步】 编辑文字

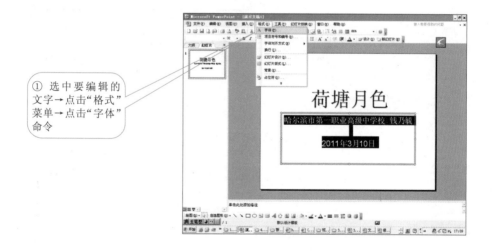

① 选中要编辑的文字→点击"格式"菜单→点击"字体"命令

② 在出现的"字体"对话框中设置中文字体、字形、字号、效果和颜色，设置完毕点击"确定"按钮

小技巧：

文字编辑快捷处理：
选中要编辑的文字→
点击界面上方"格式"
工具栏相应图标

（二）制作主片

【第一步】 添加新幻灯片

选中第一张幻灯
片，然后按键盘上
的"Enter"按钮

【第二步】 输入文字

① 点击"单击此处
添加标题"外框，按
键盘上的 Delete 键，
可删除此处

② 输入教学解析
文字

③ 将光标放置在右
边框上中心圆点处，
向左拖拽至中间位
置（为右半页插入图
片做准备）

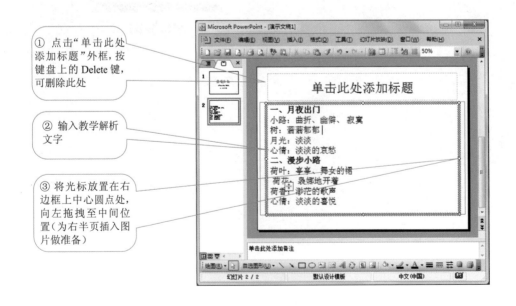

【第三步】 插入图片

点击"插入"→"图片"→"来自文件",选择图片点击"插入",用光标拖拽图片,调整图片在幻灯片中的位置和大小

【第四步】 幻灯片模板设计

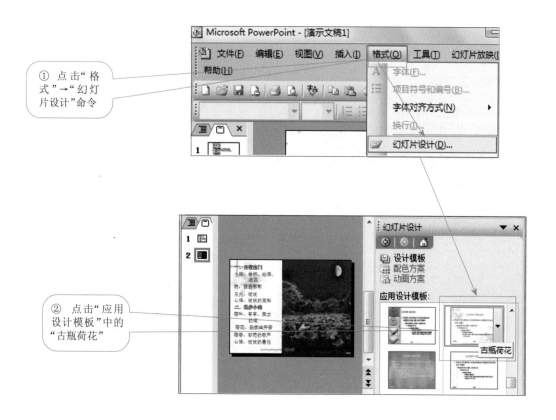

① 点击"格式"→"幻灯片设计"命令

② 点击"应用设计模板"中的"古瓶荷花"

【 我再试一试 】

做完钱老师的教学课件后,我想,能不能插入现在流行的歌曲《荷塘月色》,作为幻灯片片头的背景音乐呢?我想试一试。

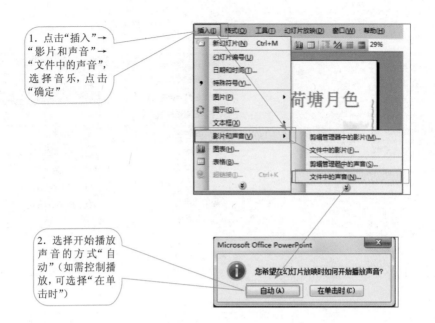

1. 点击"插入"→"影片和声音"→"文件中的声音"，选择音乐，点击"确定"

2. 选择开始播放声音的方式"自动"（如需控制播放，可选择"在单击时"）

 小技巧: 放映幻灯片

　① 按键盘上的 F5 键，从片头开始放映；②单击界面左下角的图标 ⬚ ，从当前幻灯片开始放映

任务2 讲座课件

【我的任务】

教育学院邀请魏孝良给教师培训班做报告，按照魏老师的想法，我帮忙制作了此次讲座的课件，效果如下：

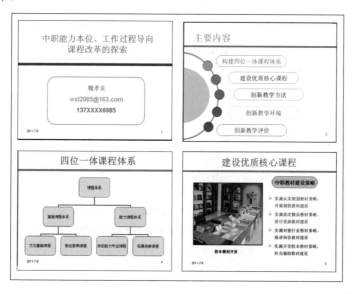

【我的操作】

（一）制作第一张(片头)

【第一步】 添加标题

点击"单击此处添加标题"，输入"中职能力本位、工作过程导向课程改革的探索"，设置字体格式

【第二步】 制作标题下横线

① 点击绘图工具栏中的"自选图形"→"基本形状"，选择矩形，在幻灯片中绘制

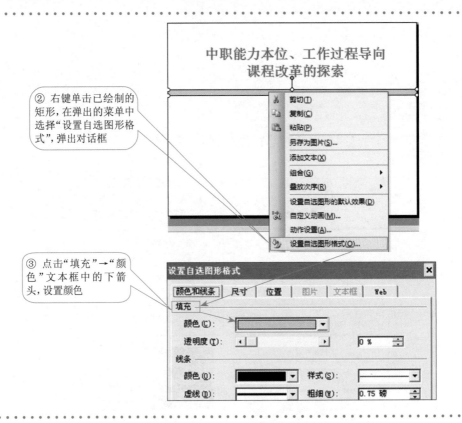

② 右键单击已绘制的矩形，在弹出的菜单中选择"设置自选图形格式"，弹出对话框

③ 点击"填充"→"颜色"文本框中的下箭头，设置颜色

小提示：自选图形的线条、尺寸等都在"设置自选图形格式"对话框中设置

【第三步】　添加副标题

① 在"绘图"工具栏中，选择"自选图形→基本图形→圆角矩形"，进行绘制

② 单击右键，在弹出的快捷菜单中选择"添加文本"

③ 添加副标题文字，并设置文字格式

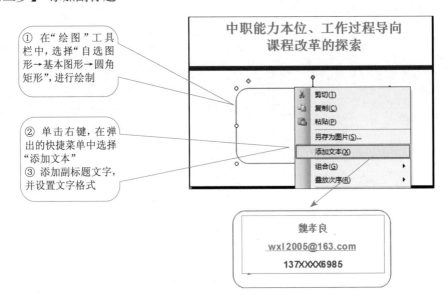

（二）制作第二张（讲稿纲目）

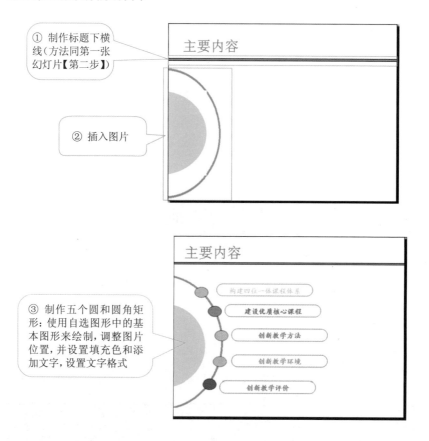

① 制作标题下横线（方法同第一张幻灯片【第二步】）

② 插入图片

③ 制作五个圆和圆角矩形：使用自选图形中的基本图形来绘制，调整图片位置，并设置填充色和添加文字，设置文字格式

（三）制作第三张（组织结构图）

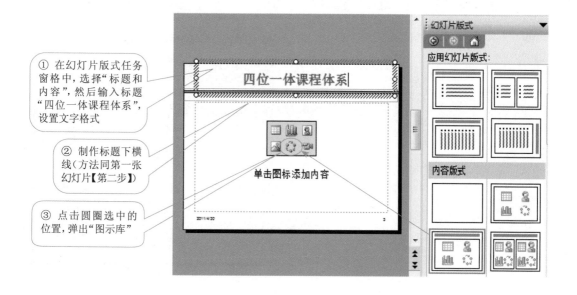

① 在幻灯片版式任务窗格中，选择"标题和内容"，然后输入标题"四位一体课程体系"，设置文字格式

② 制作标题下横线（方法同第一张幻灯片【第二步】）

③ 点击圆圈选中的位置，弹出"图示库"

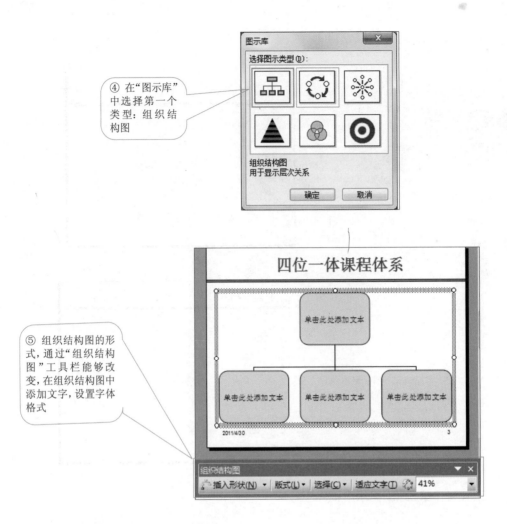

④ 在"图示库"中选择第一个类型：组织结构图

⑤ 组织结构图的形式，通过"组织结构图"工具栏能够改变，在组织结构图中添加文字，设置字体格式

（四）制作第四张（插入图片和项目符号）

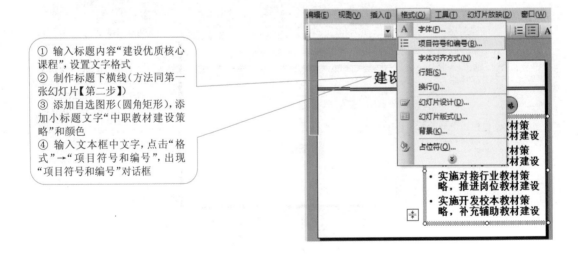

① 输入标题内容"建设优质核心课程"，设置文字格式
② 制作标题下横线（方法同第一张幻灯片【第二步】）
③ 添加自选图形（圆角矩形），添加小标题文字"中职教材建设策略"和颜色
④ 输入文本框中文字，点击"格式"→"项目符号和编号"，出现"项目符号和编号"对话框

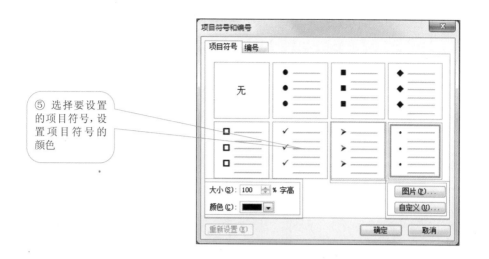

⑤ 选择要设置的项目符号，设置项目符号的颜色

小提示： 如果想设置其他的"项目符号"形式，点击自定义或图片按钮

⑥ 插入图片，添加图片介绍文字"校本教材开发"。设置所有文字的文字格式

（五）设置自定义动画

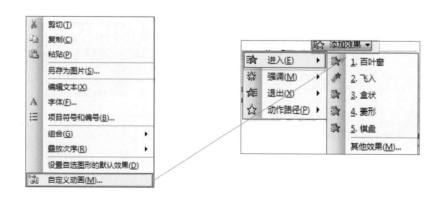

　　选择要设置动画效果的对象，点击右键，在弹出的菜单中选择"自定义动画"，此时，出现"自定义动画"任务窗格，点击"添加效果"，然后选择要设置的动画效果。

（六）插入日期和时间及幻灯片编号

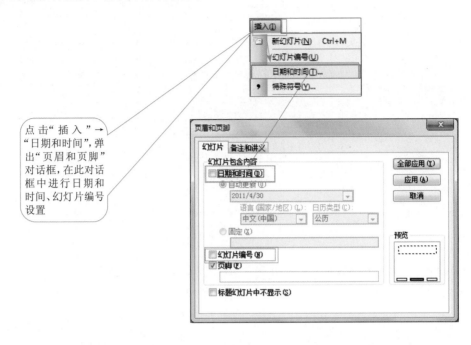

点击"插入"→"日期和时间"，弹出"页眉和页脚"对话框，在此对话框中进行日期和时间、幻灯片编号设置

【我再试一试】

做完了讲座课件，我在思考，制作幻灯片所需的工具，在工具栏中几乎都能找到，如果工具栏不见了，我们怎么办呢？

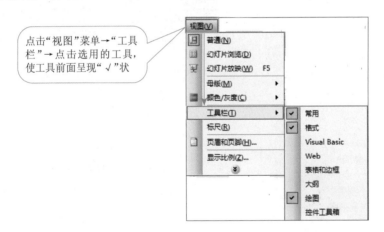

点击"视图"菜单→"工具栏"→点击选用的工具，使工具前面呈现"√"状

任务3 专业宣传片

【我的任务】

某企业来我校考察，与计算机专业探讨开展校企合作，专业组委托我做一专业介绍的宣传片，以辅助会议介绍。

【我的操作】

（一）制作第一张（片头）

【第一步】 插入背景图片

插入背景图片→按幻灯片整版调整背景图片→右键点击背景图片，弹出快捷菜单，点击"叠放次序"→"置于底层"

【第二步】 插入文字

插入标题和内容，设置字体格式，调整文字位置

（二）制作第二张

【第一步】 插入文字、图片、动作按钮

① 插入文字、图片
② 点击"幻灯片放映"→"动作按钮"
→选择按钮类型

【第二步】 设置按钮和创建超链接

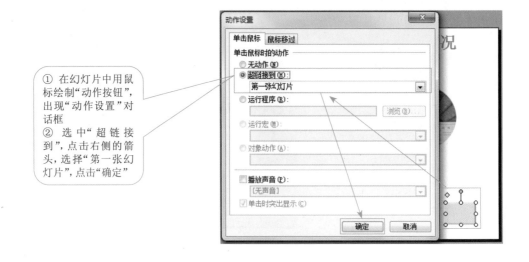

① 在幻灯片中用鼠标绘制"动作按钮"，出现"动作设置"对话框
② 选中"超链接到"，点击右侧的箭头，选择"第一张幻灯片"，点击"确定"

（三）制作第三张

① 插入文字和图片
② 设置动作按钮，超链接到第一张幻灯片上

（四）制作第四张

【第一步】 插入文字

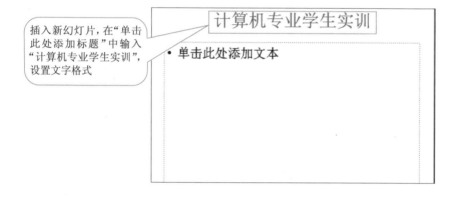

插入新幻灯片，在"单击此处添加标题"中输入"计算机专业学生实训"，设置文字格式

【第二步】 插入视频

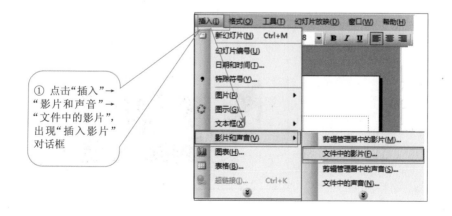

① 点击"插入"→"影片和声音"→"文件中的影片"，出现"插入影片"对话框

② 选择要插入的影片,点击"确定"按钮,出现对话框

③ 在对话框中选择"自动"播放

小提示: 视频播放时,选择"自动": 指的是在幻灯片放映到该片时,视频自动播放; 选择"在单击时": 指的是在幻灯片放映到该片时,单击视频框才能播放

④ 添加动作按钮,超链接到第一张幻灯片

（五）设置片头的超链接

① 右键点击要创建超链接的文本框，在弹出的菜单中选择"超链接"，出现"插入超链接"对话框

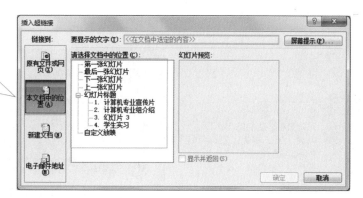

② 点击"在文档中的位置"，选择要链接到的幻灯片，此处选择第二张幻灯片
③ 同样，将"二、计算机实训基地建设"超链接到第三张幻灯片；将"三、计算机专业学生实训"超链接到第四张幻灯片

（六）设置幻灯片切换

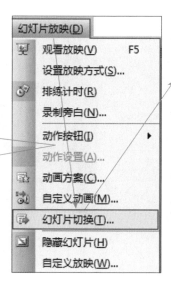

点击"幻灯片放映"→"幻灯片切换"，弹出"幻灯片切换"任务窗格，设置幻灯片切换效果、换片方式及应用范围

（七）添加幻灯片模版(具体操作见任务一"我的操作"第四步)

 【我再试一试】

专业宣传，有时需要视觉和听觉同时给人以震撼，为此，我尝试为专业宣传片配音，这样，以后即使没有本专业的教师现场解说，一样可以达到介绍专业的效果。

① 点击"幻灯片放映"→"录制旁白"，弹出"录制旁白"对话框

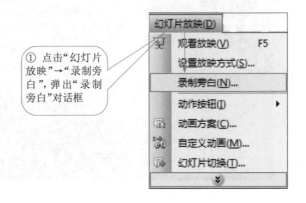

② 点击"确定"，开始录制，录制结束时，点击右键，在弹出的菜单中选择"结束放映"，弹出对话框，单击"保存"

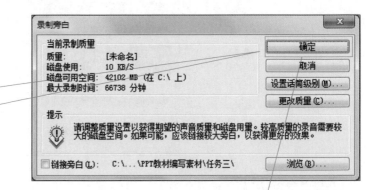

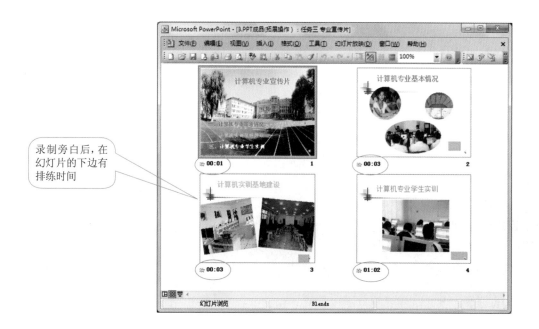

录制旁白后，在幻灯片的下边有排练时间

任务4 生日贺卡

【我的任务】

在我的大学同窗好友娜娜生日来临之际，我为她精心制作了一张电子生日贺卡，表达我对她的生日祝福。

【我的操作】

（一）制作生日贺卡母版

【第一步】 创建生日贺卡母版

点击"视图"→"母版"→"幻灯片母版"

小知识：母版类型：①幻灯片母版②讲义母版③备注母版

【第二步】 编辑母版

① 选中文本框，按 Delete 键，删除母版中的原有内容

② 插入文本框，输入"赠老同学：娜娜"、"happy birthday"和"好友：莉莉"，并设置文字格式

【第三步】 制作母版背景（蓝天白云图片）

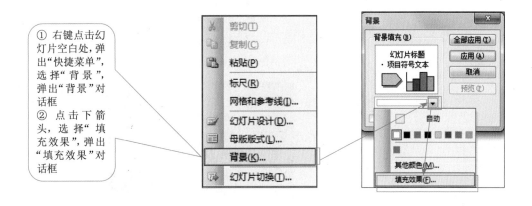

① 右键点击幻灯片空白处，弹出"快捷菜单"，选择"背景"，弹出"背景"对话框
② 点击下箭头，选择"填充效果"，弹出"填充效果"对话框

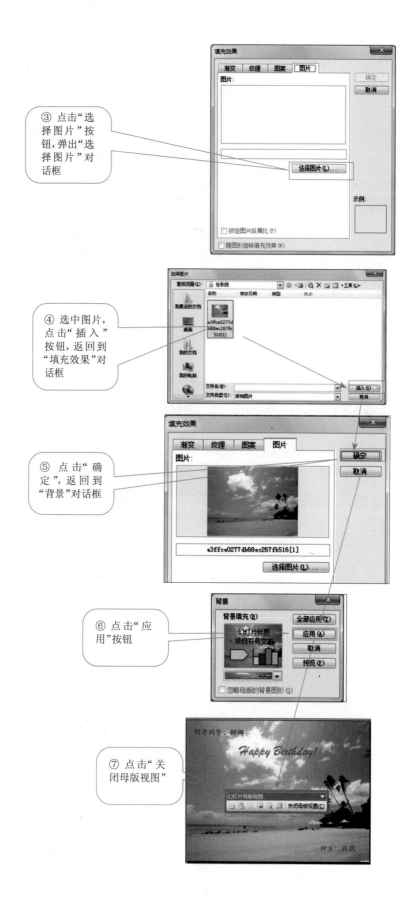

③ 点击"选择图片"按钮，弹出"选择图片"对话框

④ 选中图片，点击"插入"按钮，返回到"填充效果"对话框

⑤ 点击"确定"，返回到"背景"对话框

⑥ 点击"应用"按钮

⑦ 点击"关闭母版视图"

（二）第一张：编辑祝福话语（艺术字）

① 点击"绘图"工具栏中的"艺术字"按钮，弹出"艺术字库"

② 选择"艺术字库"中的艺术字样式，弹出"编辑艺术字文字"

③ 在"请在此键入您自己的内容"中输入"悠悠的云里有淡淡的诗，淡淡的诗里有绵绵的喜悦，绵绵的喜悦里有我轻轻的祝福，生日快乐！"，设置字体字号，点击"确定"

（三）第二张：赠送玫瑰

① 选中第一张，按 Enter 键，添加第二张，删除第二张中的框
② 插入"玫瑰花"图片，调整图片位置和大小

【我再试一试】

当我把贺卡发给老同学后，我突然觉得少了点什么，要是插入一首《生日快乐》歌就好了！（添加方法：同任务一教学课件的配乐，你也可以试一试！）

任务5 电子相册

【我的任务】

我的表妹快六周岁了，在表妹的生日即将来临之际，我计划送给表妹一份特别的生日礼物——电子相册，成品效果如下：

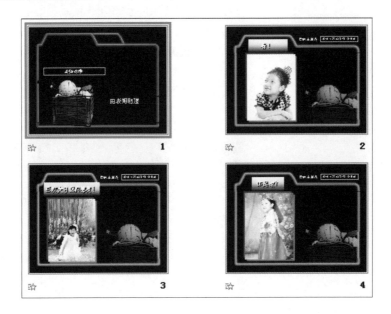

【我的操作】

【第一步】 新建相册

① 点击"文件"→"新建"
② 点击任务窗格"新建演示文稿"中的"相册"，出现"相册"对话框

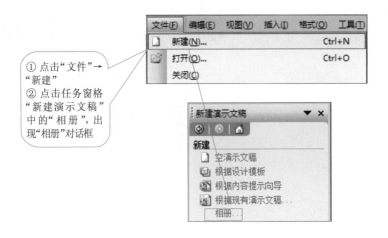

【第二步】 选择插入相片

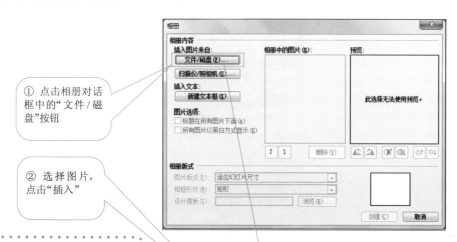

① 点击相册对话框中的"文件/磁盘"按钮

② 选择图片，点击"插入"

📖 小知识：选择图片方法

①选择连续的图片时：首先点击第一张，按 Shift 键同时，点击最后一张图片。
②选择不连续的图片时：首先点击第一张，按 Ctrl 键同时，点击另一张图片

【第三步】 设置相片版式

🎋 小技巧：

黑白方式显示照片操作：选中"所有相片以黑白方式显示"

① 在"相册版式"中的"图片版式"中选择了"1张图片(带标题)"

📖 小知识：图片版式：是指每张幻灯片上存留图片的张数，一般为1张、2张、4张，若相册图片需要文字标题，可选择"带标题"的张数

② 在"相册版式"中的"相框形状"中选择了"边缘凸凹形"

③ 在"相册版式"中的"设计模板"中点击"浏览"按钮

④ 在"选择设计模板"中选择，点击"选择"按钮，回到"相册"对话框

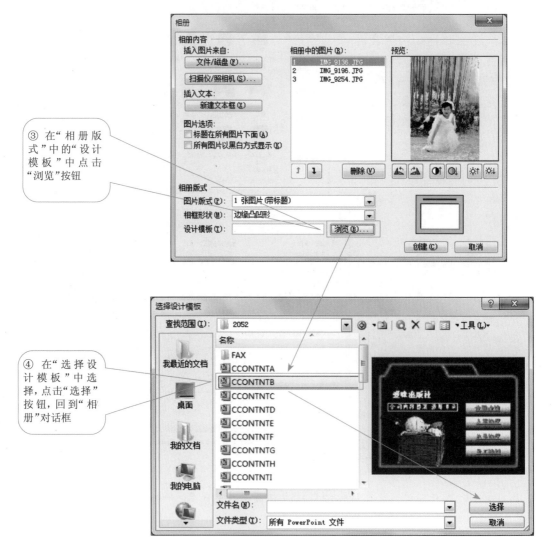

⑤ 在"相册"对话框中,点击"创建"按钮

【第四步】 添加文字、调整相片

① 在幻灯片中指定输入文字的地方输入自己设计的文字

② 用鼠标拖曳调整相片的大小和位置

③ 自己设计图片的动画效果

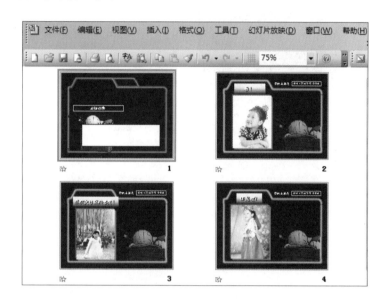

【第五步】 处理背景遮挡

① 选中"由表姐制作"的框,右键点击,在弹出的菜单中点击"设置占位符格式",弹出"设置自选图形格式"

② 在"颜色和线条"卡片中选择"无填充颜色"

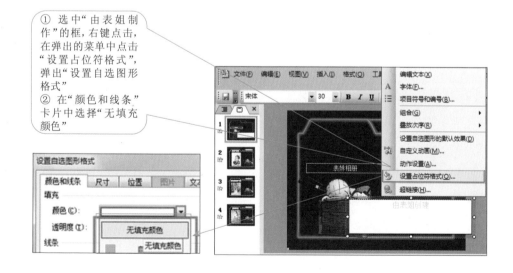

【我再试一试】

　　在前面照片的动画效果处理基础上，我尝试对相册整体进行动画设计，效果更佳，操作路径（见下图）。

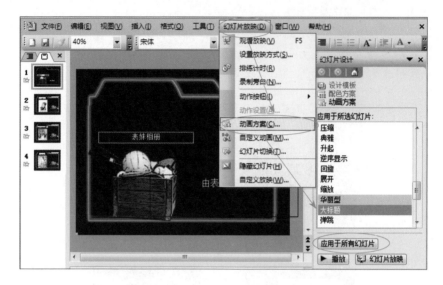

郑重声明

短信防伪说明

学习卡账号使用说明